URUPEMA

Andréia Delmaschio

Obra premiada no Edital de Seleção Pública n. 01, SEFLI/ MinC, de 4 de abril de 2023, Prêmio Carolina Maria de Jesus de Literatura Produzida por Mulheres 2023, realizado pela Secretaria de Formação, Livro e Leitura / Ministério da Cultura.

Em memória, para **mamãe**. *Ela que sabia de plantas e bichos, lia todas as minhas invenções e certamente leria mais esta.*

Ao **Francisco**, *que sabe como poucos o valor da memória.*

Para **Flora**, *menina dos olhos das minhas palavras.*

© Copyright, 2025 - Nova Alexandria
2025 - 1ª edição

Todos os direitos reservados.

Editora Nova Alexandria
Rua Engenheiro Sampaio Coelho, 111
04261-080 - São Paulo - SP
Fone: (11) 2215-6252
Site: www.editoranovaalexandria.com.br
E-mail: vendas@novaalexandria.com.br

Editoração: Bruna Kogima
Capa: Bruna Kogima

Dados Internacionais de Catalogação na Publicação (CIP)
Tuxped Serviços Editoriais (São Paulo, SP)
Ficha catalográfica elaborada pelo bibliotecário Pedro Anizio Gomes - CRB-8 8846

D365u   Delmaschio, Andréia.

               Urupema / Andréia Delmaschio. – 1. ed. – São Paulo, SP : Editora Nova Alexandria, 2025.
               128 p.; 14 x 21 cm.

               ISBN 978-85-7492-507-3.

               1. Literatura Brasileira Contemporânea. 2. Romance. I. Título. II. Assunto. III. Autora.

                                                         CDD 869.93
                                                         CDU 82-31(81)

ÍNDICES PARA CATÁLOGO SISTEMÁTICO
1.   Literatura brasileira: Romance
2.   Literatura: Romance (Brasil).

URUPEMA

Andréia Delmaschio

NOVALEXANDRIA

1ª Edição — 2025
São Paulo

APRESENTAÇÃO

Os pirilampos e os lampejos do inteiramente outro

Fabíola Padilha
Professora de Literatura na UFES.

Em *Urupema*, de Andréia Delmaschio, acompanhamos encantados as incursões de Tóia, a narradora, pelo solo pródigo de reminiscências de suas férias infantis, passadas em Patrimônio do Ouro, localidade situada no interior Norte do Espírito Santo. Em seus registros sobre esse tempo longínquo, Tóia afirma que, se, por um lado, sabia entregar-se "a todos os tipos de fantasia" (p. 61), por um outro lado, demonstrava não se contentar com a postura estanque dos que se satisfazem com uma perspectiva ilusória do mundo: "[...] quando buscava informações com os mais velhos, eu queria respostas simples e diretas, nas quais pudesse confiar" (p. 61).

Na moldura desse tempo e espaço, entre a casa do avô de cima e a casa do avô de baixo, a criança que, na cidade, vivia premida "entre a pequena casa de tábuas, ao pé do mangue, e a escola periférica, no alto do morro mais pobre do bairro pobre" (p. 1), embrenha-se na roça, onde, na companhia de irmãos e primos, desfruta de experiências inéditas, proporcionadas por aquele "território exótico, tão diferente do [s]eu" (p. 2). Era lá, como recorda a narradora, que ela entrava em contato com "seres fantásticos", como aqueles que a visitavam em seus devaneios oníricos: "Chegava a conversar com eles, nos sonhos noturnos" (p. 2). Era lá também que, como era costume, ao cair da noite, a criançada caçava pirilampos, chamados de "fadas" pelos adultos.

O melhor lugar para se apreciar os vaga-lumes, com sua luminescência intermitente, é no coração da noite mais densa. A escuridão favorece a percepção do fulgor descontínuo desses "seres fantásticos" que habitam o imaginário feérico, por sua capacidade extraordinária de "aparecer" e "desaparecer" diante de nossos olhos. Mas Tóia, criança esperta que foi e que é (já que o presente é um tendo sido que jamais deixou de existir), sabia bem que somente por efeito de uma pujante imaginação é que se pode afirmar que os pirilampos "aparecem" e "desaparecem". A verdade é que eles apenas seguem seus aleatórios caminhos, palmilhados com "luz pulsante, passageira, frágil" (Didi-Huberman, 2011, p. 46). Ou, como diz o filósofo Didi-Huberman: "Eles desaparecem de sua vista porque o espectador fica no seu lugar que não é mais o melhor lugar para vê-los" (Didi-Huberman, 2011, p. 47).

Como quem percorre a errância dos vaga-lumes, com seus lampejos fugidios, a narradora, ao coligir os rastros do vivido em seu efêmero esplendor, se abre com profundo interesse ao universo do inteiramente outro. E é justamente o modo como a autora elabora magistralmente essas experiências infantis de sua personagem com a alteridade, materializadas na forma de seu relato memorialístico, aquilo mesmo que mobiliza os sentidos do leitor, convidando-o a abandonar a passividade da contemplação a distância e a desbravar territórios ignorados por indivíduos privados das luminescências sedutoras dos pirilampos.

Com absoluta perícia, Delmaschio recria os aspectos rotineiros e singulares de um microcosmo marcado pelo imperativo da sobrevivência de imigrantes italianos aportados em terras brasileiras no último quartel do século XIX – imigrantes que, mais de um século depois, seguem perpetuando suas tradições, a fim de manter seus elos comunais, de que é exemplo o preparo da polenta, iguaria típica da culinária italiana, que a nona de Tóia diligentemente preparava: "A sua polenta (assim como a da avó de baixo, que na verdade era a polenta da tia Maria) tinha de ser muito bem cozida, nada de fubá cru, e o resultado era, invariavelmente, uma massa incrivelmente amarela, dura e íntegra, que era servida sobre a tábua onde esfriava antes de ser cortada com a linha" (p. 51).

Nas diretrizes íntimas das lembranças de Tóia, legatária dos primeiros desafios que a experiência com a alteridade impôs aos seus antepassados, somos levados a perceber cheiros, sabores, texturas, sons e paisagens que configuram o universo fecundo e imensamente rico do outro:

> [...] conhecia o ritmo do moinho de café, o frior da terra na beira do açude, a poeira que os raros carros levantavam ao passar, a inclinação convidativa do tronco da jaqueira-mãe, repleta de urupés, o espeto da capoeira nas canelas finas, desacostumadas do contato com o capim, os grilos, no fim da tarde, cricrilando alegres na grama em volta da casa, o som soturno dos sapos no brejal, a quero-quero gritando irada e nos perseguindo na várzea, com temor pelos seus ovos, [...] o tráfego das cobras que atravessavam sem pressa a antiga estrada, o zum-zum feroz das mulheres da roça, na infalível visita de fim de semana, o cheiro do bolo de fubá, as balas de mel e menta que a avó distribuía, embrulhadas no papel pardo do mercado, as listras em preto e branco das sementes de girassol que ela deixava que debulhássemos, sentados lado a lado num comprido banco de madeira, o sol quentíssimo queimando a moleira, o travo agridoce do vinagre de banana, a cachacinha dos tios, seu esgar de prazer e nojo com o primeiro trago, a fumaça que escapava pela chaminé do fogão a lenha, sobre o qual os gatos se aninhavam nas noites mais frias, o cavaco e o torresmo fritando na banha de porco, o ocre da polenta dura, descansando sobre a tábua, [...] (p. 55).

No curso de suas impressões sobre o vivido, a narradora não se esquiva de avaliar criticamente o passado que retém sua atenção, submetido a escrutínio, com suas lentes de mulher adulta e politizada, como fica evidenciado na maneira como encara a corrosão que toma conta dos móveis da casa dos avós de baixo: "[...] talvez o desgaste da mobília, sem renovação, fosse resultado da crise de carestia por que passava o país naqueles anos de ditadura que nós, crianças, nem mesmo sabíamos que estávamos todos vivendo" (p. 56-57). Ou ainda na forma como aquilata a contradição de ter um pai, provedor nato, de poucas palavras, emissário de sentenças curtas e moralizantes, que, todavia, sustentava uma outra família, "ainda mais numerosa e tardiamente descoberta":

> A mentira, a hipocrisia e o cinismo compunham um aprendizado que ficaria para sempre, expondo a outra face, inescapável, de todo moralismo. Aos mais argutos entre nós é provável que o convívio familiar com tais mazelas tenha conduzido a um questionamento radical e devastador justamente das leis e ordens que mantinham de pé a mesma sociedade que exigia de cada um a sua cota de obediência e lealdade, tantas vezes fundada sobre um grande poço lamacento. E foi assim que chegamos a conclusões complexas e contundentes: um pouco apenas de reflexão e não restaria um lugar simples sequer para pai e mãe, dentro das nossas ponderações afetivas, éticas e morais (p. 85).

A escrita potente de Delmaschio abarca uma cadência lírica que recobre os intrincados meandros da memória de sua narradora. Os movimentos inadvertidos próprios da recordação, cintilações com as quais Tóia resgata a história de sua infância passada no campo, semelham às urupemas – "cestas e peneiras de palha" –, que o avô de cima tecia "nas horas vagas". Pelos orifícios de sua urdidura resvala o que elas não conseguem reter. Assim, a memória trançada com as lembranças prenhes de intempestivas experiências assoma, nas palavras da narradora, como uma "frouxa urupema".[1]

---

[1] Referência: DIDI-HUBERMAN, Georges. *Sobrevivência dos vaga-lumes*. Trad. Vera Casanova e Márcia Arbex. Belo Horizonte: Editora UFMG, 2011

Sentada no batente da porta da cozinha da velha casa, eu via à direita, perto dos pés de juá, o cocho aveludado de limo onde o gado vinha matar a sede no fim da tarde. Da ponta chanfrada da mangueira preta e gasta a água fluía fria e sem cessar, apenas mais fraca ou mais forte, a depender da estação, mantendo o cocho sempre cheio.

Era dentro desse mesmo tronco de madeira côncavo, escorregadio devido ao lodo verde que crescia para fora das bordas, que as crianças menores tomavam banho, desde que as vacas com bezerro já estivessem presas no curral. Apenas caía a tarde, nos aproximávamos em bando, cada qual com a sua toalhinha de bordas gastas e um par de chinelos na mão. Durante o dia, eram poucas as que andavam calçadas. Uma ou outra trazia o bônus de um sabonete verde ou rosa que nenhum de nós tinha ciúmes ou brios de compartilhar com os demais.

No cocho cabia somente uma criança, sendo comum que as outras se ensaboassem ao sol, de cueca ou calcinha, enquanto a primeira a chegar curtia o seu mergulho no pau cavado como se no ventre que um dia a abrigou. Não havia fila ou qualquer tipo de organização. Mesmo assim, a algazarra corria harmoniosa, sem sinal de pressa ou pressão. Até mesmo os menores, entre nós, prescindíamos da presença de um adulto, arranjo que era inconcebível para a maioria das nossas brincadeiras na cidade, exceção talvez para o cozinhadinho, no qual, entretanto, éramos vigiados de perto pelos irmãos mais velhos. E era desse modo, aos punhados, que passávamos aqueles quase dois meses de um ócio plenamente ocupado nos territórios dos avós.

Férias na fazenda já eram aventura de sobra e espaço infinito para a criança cerceada que eu era, o ano inteiro gasto entre a pequena casa de tábuas, ao pé do mangue, e a escola periférica, no alto do morro mais pobre do bairro pobre. Ali na roça, diferentemente, revezávamos entre os domínios do avô paterno e os do outro, entre as brincadeiras de roda e os pulos no córrego que passava no fundo dos terreiros e diante de algumas casas construídas mais longe da estrada. Em todo caso, os olhos, primeiramente os olhos, acabavam, uma hora ou outra, buscando algo além dos limites daquelas terras que, por si só, já eram mágicas para uma criança da cidade. E a imaginação... a imaginação ia atrás, aos saltos.

De dia, alguns de nós perseguiam libélulas às quais atavam pedaços de linha coloridos, na esperança de depois as reencontrarem, e então descobrirem há quanto tempo tinham sido amarradas. Cada cor equivalia a um dia da semana. À noite, tentávamos desesperadamente alcançar, com redinhas de pegar borboletas, os vagalumes que circundavam a casa, e que os adultos chamavam de "fadas", confundindo, com essa meia-metáfora, os mais ingênuos entre nós. Eu mesma sabia tratar-se apenas de pirilampos (sempre houve deles, embora em menor número, perto da nossa casa, na capital). Ainda assim, devaneava que, naquele território exótico, tão diferente do meu, realmente existiam seres fantásticos. Chegava a conversar com eles, nos sonhos noturnos.

Os irmãos maiores, no entanto, pouco ou nada frequentavam as nossas brincadeiras bobas, de meninos pequenos. Atravessavam as férias arriscando-se nas suas próprias aventuras, de caça e pesca, por isso escolhiam permanecer quase todo o tempo na casa do avô paterno, o também chamado "avô de cima", especialista naquelas artes e dono das terras aparentemente infindas que cercavam, como a uma ilha, os domínios da fazenda de cá, onde eu flanava enfeitiçada pela novidade de plantas e bichos e gentes e céus e águas... Às terras de cá chamávamos "a casa do avô de baixo", alcunha devida àqueles sutis declives dos terrenos e estradas que o corpo bem sentia e identificava quase que naturalmente.

• • •

A casa do avô de cima foi construída sobre um pequeno platô, como a maioria das casas da localidade, que aproveitavam os cumes naturais dos terrenos, e tinha em frente à varanda, uma de cada lado do portão, duas impressionantes quaresmeiras rosa que se tornaram quase um símbolo daquela morada.

Havia um vasto terreiro, nos fundos, delimitado por abacateiros, jaqueiras, pés de manga, jambo e limão galego. Um caminho estreito conduzia desse terreiro até o córrego, de um lado, e, do outro, ao paiol e ao quitungo. Além de alguns primos de pele escura e outros de cabelos escorridos, vocábulos de origem africana e indígena, como esse, eram a prova de que negros e índios habitaram um dia naquelas terras, embora nenhum dos remanescentes soubesse contar a história de como e quando teria se dado o desaparecimento do restante do seu povo e do grosso da sua cultura, o que estranha, se se pressupõe que a história é a última que desaparece.

Nesse ponto, quando a criança que fui mergulha naquele cocho, a imigração italiana já havia dominado tudo há um século e algumas palavras vinham sendo aplicadas a objetos e contextos indevidos, por um erro de associação inserido durante algum incidente. No caso da palavra quitungo, que os meus avós usavam para se referir à casa de farinha, tudo indica que denominava, antes da chegada do europeu, um tipo de cesta em que, afirma-se, escondiam-se pessoas escravizadas em fuga. Já os indígenas utilizavam essas mesmas cestas para armazenar grãos. Imagino, pois, um integrante do povo originário dali tentando explicar ao imigrante recém-chegado, por meio de gestos, a relação entre a função das suas próprias cestas de vime (*kitungu*) e o local onde os colonos brancos guardavam os seus mantimentos (o paiol). Para tanto, talvez indicasse com o dedo a choupana coberta de palha (e aberta, para que o ar vindo de fora tornasse suportável o calor do grande forno a lenha, em que era torrada a farinha de mandioca, também tomada aos indígenas): a partir de então, a própria choupana foi batizada pelos italianos de quitungo, embora nos primeiros encontros, conflituosos, o termo usado pelos brancos tenha sido "quitundo", que foi como lhes soou, inicialmente, a pronúncia do termo pelos próprios indígenas. Há, até hoje, bastante confusão e dúvidas sobre essa e outras expressões violentadas no atrito.

Acima do paiol e do quitungo situava-se o fedorento curral, além do qual se estendia o pasto do avô de cima, a perder de vista. No começo do começo dessa história, entre 1950 e 1960, eram criadas ali umas trezentas reses, número que foi diminuindo graças à seca, no início intermitente e, décadas depois, quase perene. A estiagem era provocada, em parte, pela própria derrubada de vastos trechos de floresta, tarefa inaugural dos imigrantes, que transformou aquela parte da mata nativa em muito pasto para pouco gado. Qualquer um dos moradores, porém, debochava grandemente dessa teoria, assim que ela chegou ao Patrimônio do Ouro, na década de 1980, trazida por padres ou estudantes em trabalho de campo.

Já o terreno da frente, separado do pomar de cítricos por um velho portão de ripas cinzentas marcadas pela ação do tempo (por que razão o avô, tão caprichoso, jamais reformara justo aquele que era a um tempo o cartão de visita e o portal para os seus domínios?). A função do portão era proteger do ataque sorrateiro das galinhas e da invasão desengonçada dos patos o pomar contíguo ao terreno pelo qual os bichos passeavam soltos. À direita, o terreno dava para a estreita picada de caminho duplo, que uns trezentos metros adiante se encontrava, no declive, com a estrada de terra que atravessava por dentro o município.

Justo onde se encontrava com a rodovia o estreito caminho cortado entre o mato pelos próprios passos dos caminhantes diários (é caminhando que se faz o caminho) ficava a jaqueira mais antiga, que ninguém se preocupava em saber a quem pertencia, e de cujos frutos descomunais todos se serviam à vontade. Na verdade, os moradores tinham pouco interesse por jaca e manga, provavelmente devido à sua vulgaridade, havendo sempre muitos frutos maduros e outros apodrecendo caídos à sombra das árvores. O mesmo acontecia com a goiaba e o jamelão, com o argumento excedente de que as goiabeiras dali jamais produziam frutas livres dos vermes brancos que devoravam as frutas a partir de dentro, antes mesmo de amadurecerem, não dando tempo a que ninguém as saboreasse, a não ser quando ainda verdes ou muito de vez, o que enchia de revolta a avó de baixo – perder a luta para um bichinho "tão nojento".

— Eu nunca colhi uma goiaba ou graviola que prestasse, ela dizia.

Ao que o avô retrucava:

— Bicho de goiaba é goiaba também.

Somente dali a mais meio século chegariam a esses interiores do Estado as escolas que ensinariam aos "produtores rurais" – a partir de então assim chamados – as técnicas para proteger a casca da goiaba, o que garantiria uma produção livre de lagartas, as quais, ao contrário do que se pensava, não vinham de dentro para fora (do nada, nada vem), mas eram filhas dos ovos postos na fina casca, quase inexistente, por pequenas borboletas brancas que realizavam o seu trabalho de modo sorrateiro, ao abrir da alva, e não lentamente e a olhos nus, no claro do dia, como fazia a maioria das bobas mariposas que passavam horas com a bunda grudada numa planta, entregues aos espasmos de um parto lento e febril que nem valia a pena interromper, parecendo mais producente esperar que terminassem a desova, e só então remover por inteiro, com a ajuda de um graveto, o bloco de pequenos ovos compridos e esverdeados, organizado feito uma colmeia, que cobria a face interna de uma folha tenra, escolhida como leito de vida.

Para evitar o fluxo dos animais maiores, os próprios e os dos poucos vizinhos de terras (que o tino comercial – e bélico – do avô afastava cada vez mais), havia portões, cancelas, porteiras e mata-burros, alocados todos muito inteligentemente, de acordo com a necessidade.

Quem teria sido o autor daquelas dezenas de projetos de casa tão parecidos entre si e, ao mesmo tempo, tão adequados tanto às características de cada localização, à incidência do sol e ao tipo de solo, quanto às especificidades de cada família? O projeto arquitetônico teria sido trazido com a primeira leva de imigrantes? Parecia o mais provável. Seria o projeto, paradoxalmente, ao mesmo tempo modelar, portanto replicável, e plenamente adaptável? Se não, como se explicaria o seu quase completo ajuste aos traços locais (exceção para um pequeno detalhe que referirei adiante)?

Todos sabem que as peculiaridades dos lugares que aqueles imigrantes aqui encontraram não eram conformes aos locais de onde vieram, na Itália. E nem mesmo remotamente parecidos com aquilo que lhes fora prometido por ambos os governos, o de origem e o de chegada. A questão sobre o modelo das moradias pode parecer uma dúvida muito simples de se resolver, mas, como tantas outras questões cujo tempo deixou expirar, eu as devia ter feito no período em que ali viviam os primeiros habitantes. Naquele tempo, porém, eu ainda não havia nascido. E lamento, agora, por não ter questionado meus tios mais velhos e avós, o que não poderia mesmo ter feito, já que no tempo da nossa convivência eu ainda era criança.

Hoje, que as perguntas sobre a origem dos projetos e realizações arquitetônicas do Patrimônio do Ouro se emaranham na minha cabeça, não há mais viventes aptos a responder a elas. Eu deveria me dirigir então aos livros de História, mas os registros sobre esse e outros aspectos da cultura local ou são muito superficiais, ou guiados pela subjetividade de um pesquisador ligado à terra e ao seu passado por laços de afeto, como eu. Ou ainda patrocinado por uma das empresas instaladas nas redondezas, como as de extração de pedras, que se sentiram um dia obrigadas a resgatar determinados acontecimentos, evitando assim serem acusadas de tão somente explorar o meio ambiente e a mão de obra, sem se preocuparem com a memória local. Nesses casos, contratavam um graduando de História que preenchia algumas laudas com fotos antigas e textos simplórios, quase taquigráficos, em que simulavam contar a história inteira de uma localidade já bastante despedaçada. Isso quando a atribuição de colaborar com a memória da cultura local não foi cobrada diretamente por um órgão estatal, nas formas da lei, ou posta em prática meramente para obter alívio no pagamento de tributos devidos aos moradores locais como forma de reparação por décadas de danos ambientais e, consequentemente, humanos.

• • •

Ainda nos últimos anos da década de setenta, a estrada que cruzava as terras de ambos os avós passou a figurar nos mapas como sendo uma rodovia asfaltada. Era amplamente sabido, contudo, que asfalto ali nunca houve. As verbas destinadas a ele teriam sido embolsadas por um político que jamais viria a pagar pelos seus crimes e desmandos na administração pública. Pelo contrário, ainda deixou herdeiros que até hoje assinam o seu mesmo sobrenome enlameado nos papéis da governança local.

Somente na virada dos anos noventa para o novo milênio é que a estrada veio a ser de fato asfaltada e minimamente sinalizada, comodidade conseguida com retardo, e que, paradoxo, produziu, nos primeiros tempos, um número incrivelmente alto de acidentes fatais. É que, acostumados aos baixos limites de velocidade que as onipresentes costelas de terra (sequências de pequenas e duríssimas ondulações que faziam os veículos trepidarem) permitiam, os motoristas (sobretudo os motociclistas, grande maioria na região naquele período de êxodo para as cidades em que muitos dos que ficaram, cansados da lida na roça, substituíram os cavalos por motos) passaram a se esbaldar, acelerando no asfalto novo e ignorando o limite de velocidade designado nas placas amarelas e pretas espalhadas ao longo da via. Embalavam, empinavam, pareciam querer voar. Disputavam corridas à luz do dia ou na calada da noite, como se não houvesse amanhã. A maioria também não se adaptara à exigência do capacete, muitos não possuíam carteira de motorista e alguns continuavam a espremer toda a família, às vezes quatro ou cinco pessoas, entre o guidão e o bagageiro de uma velha motocicleta aos frangalhos, comprada de segunda mão.

Para tentar resolver o problema, a prefeitura instalou um semáforo no único cruzamento que conduzia do Patrimônio do Ouro para a Vila do Quinze. No dia da inauguração, após algumas horas de funcionamento, dois veículos de passeio se chocaram sob o sinal, acidente que levou à morte imediata os dois motoristas. Durante muito tempo foi possível ver o par de cruzes, uma de frente para a outra, na mesma posição em que os moradores da região diziam ter ficado os corpos, com o impacto.

Onde antes havia cancelas de madeira sobre mata-burros, para impedir que o gado invadisse a estrada e escapulisse do terreno de seu proprietário para as terras do vizinho, foram instaladas estreitas guaritas com cancelas eletrônicas. O manejo era fácil: para abrir, bastava um leve toque dos dedos, durante a passagem. Era uma tecnologia avançada para a época, e que não se havia popularizado nem mesmo nos supermercados da capital. A ação exigia, obviamente, uma rápida parada, para a qual a diminuição da velocidade nos quilômetros anteriores, sinalizada pelas placas, almejava preparar. Tornou-se comum, no entanto, que os motociclistas tentassem acionar o mecanismo sem sequer terem diminuído a velocidade, usando a ponta do pé, ou então delegando a tarefa ao passageiro que ia na garupa. Sucederam-se tragédias inenarráveis, que resultaram em fraturas expostas, afogamento no córrego, em decorrência de desmaio, com o impacto, e arremesso de crianças da pirambeira que ladeava uma das cancelas digitais.

Assim que morreu na estrada a primeira criança, teve início a inesquecível Revolta do Semáforo. A solução encontrada foi retirar do "asfalto novo" todo e qualquer indício de comunicação. Nada de cancelas ou sinalizadores. Os próprios moradores encarregaram-se de destruir primeiramente as placas de trânsito, por meio de tiros de espingarda e porrete. O avô de cima chegou a disponibilizar uma motosserra para que o seu pessoal pudesse remover as grossas toras de madeira que sustinham as placas, não deixando na estrada nem mesmo o rastro da lei.

Em menos de uma semana, a estrada foi devidamente desnudada, os moradores de cada lugarejo se responsabilizaram pelas reformas no seu trecho. Aceitavam apenas o asfalto, e nada mais. Nem mesmo a lombada que havia sido instalada nas proximidades da Escola Unidocente escapou à fúria dos insurgentes. Quatro homens armados com machados e marretas foram suficientes para reduzir a pó e pedras cinzentas o duro dorso de cimento. O mais jovem deles encerrou o trabalho dando uma voadora na última placa de pé nas redondezas, que trazia representada uma mulher atravessando uma via, de braços dados com uma menina, a qual levava na mão uma pasta de escolar.

Concluída a revolução, o número de acidentes triplicou.

• • •

Bem antes disso, nas longínquas férias da minha infância, o que predominava eram os passeios a cavalo. Divagando naquela temporada de lazer e magia que eu torcia para que nunca terminasse, andar a cavalo era de fato um passeio – raro, célebre, memorável –, apesar das imensas dificuldades que eu enfrentava para montar sozinha, tanto quanto para me manter sobre o animal.

Já para os primos meus contemporâneos, os cavalos não passavam de um meio de transporte destinado à realização das inúmeras tarefas que toda criança da roça cumpria cotidianamente, sob o mando dos pais, numa época em que ainda não se tinha, ali, notícia da universal obrigatoriedade de frequentar a escola. Os estudos eram um direito garantido apenas às crianças sortudas que moravam nas cidades, como eu e meus irmãos, ou então um luxo concedido aos filhos das famílias ricas, cujos pais já possuíam um nível considerável de escolaridade, o que lhes permitia reconhecer a importância da aquisição de conhecimentos formais. Para a maior parte dos filhos da classe trabalhadora, mesmo nas cidades, o que restava era realizar pequenas tarefas, de certo modo comparáveis às das crianças crescidas nas fazendas dos avós, que incluíam: ir até o açude para abrir ou fechar a bomba d'água, destrancar a porteira para o gado passar, entregar na fazenda vizinha um queijo fresco ou um pato depenado, vendidos pela mãe ou pela avó, proteger um visitante de um cachorro mais bravo, invariavelmente solto na frente da casa, e que servia, a um tempo, de campainha e vigilante. A esses pequenos mandados, a maioria das crianças pequenas obedecia como que mecanicamente, sem muxoxo, preguiça ou questionamentos.

 Já os primos mais velhos, entre doze e dezoito anos, consumiam grande parte do dia sobre os cavalos, arcando com tarefas de maior complexidade. A esses os pais já não precisavam diariamente ordenar, porque traziam interiorizadas as suas responsabilidades junto ao núcleo familiar. E, apesar de, sempre que nos encontrávamos, nos cumprimentarem, aos parentes hóspedes, muito cordialmente, alguns deles expunham, aqui e ali, uma ponta de ciúmes da nossa condição de visitantes, a qual nos garantia excessivas regalias, como perambular à toa, enquanto todos trabalhavam, não nos sendo permitido, em geral, nem mesmo lavarmos os pratos em que comíamos – afinal, erámos as distintas "visitas", circunstância que nos tornava intocáveis.

 Os mais rebeldes deixavam mesmo escapar uma discreta ironia no modo de falarem conosco. A boa vontade perante as ordens dos adultos, nessa faixa etária, também já não era total, como antes. Em resposta a elas, notava-se inclusive muita cara amarrada e o que parecia ser uma contrariedade diante do reconhecimento da própria condição, quem sabe a revolta contida contra o fato de que o seu destino, naqueles rincões, já vinha costurado e sem muita escapatória, especialmente porque nenhum deles frequentava a escola. Apesar de alguns serem muito novos, parecia que todos intuíam não haver outro meio de mudar de vida ou ascender socialmente que não passasse, no mínimo, pela cidade mais próxima, e pelos corredores de uma escola. Era o pensamento que dominava entre nós, naqueles tempos, e que demorou muitos anos para ser substituído pela ideia um tanto mais triste de que nada adiantava estudar. Triste e perversa, porque não substituía o que passou a ser considerado ingênuo idealismo por quase nada de que alguém pudesse se orgulhar.

Eu me sentia mal ao perceber, nos modos de um dos primos, um rasgo qualquer de antipatia pela minha condição de menina criada na cidade. Diante de um gesto assim, a comida preparada no fogão a lenha descia como se fosse fruto de roubo. Intuitivamente, eu lidava com a culpa de classe, embora o que sobressaísse fosse antes a diferença entre os meios que habitávamos, e não de classe social ou condição econômica, por mais que a segunda sempre explique o primeiro. Aliás era provável que a minha pequena família, já nessa época migrada para a cidade há uma década, fosse bem mais despossuída que aquelas outras, dos meus parentes, mesmo os mais pobres, porque eles viviam todos integrados a uma comunidade coesa, na qual grande parte dos serviços e bens era compartilhada e realizada conjuntamente. Antes de tudo, tinham uns aos outros. Perdas e vantagens eram experimentadas em grupo, o que diminuía o peso da parcela de cada integrante e instaurava uma certeza: o trunfo maior era justo a possibilidade de resistência e sobrevida aos imprevistos, viessem eles de onde viessem.

Enquanto isso, nós, os invasores anuais, ainda que tivéssemos o mesmo sobrenome e traços tão parecidos com os dos primos e tios, brotávamos ali, no período de recesso, como se viéssemos do nada. Os nossos pés, frequentadores do calçamento e do asfalto, eram moldados dia após dia em pequenas congas coloridas e macias, enquanto os deles, soltos ora diretamente no solo seco da plantação, a que chamavam roça, ora na terra úmida do curral, esparramavam dedos gordos para todos os lados, abrindo-se feito flores de carne cultivadas na lama. A nossa condição de ociosos ainda era realçada pelo fato vexaminoso de que, ao final das nossas férias, nenhum deles era, em contrapartida, convidado a passar qualquer temporada conosco, na cidade, a não ser por obrigação do costume, de relance e superficialmente, durante as despedidas, numa frase padronizada dita muito rápido, e sem convicção, por mamãe. Eu e minha pequena família éramos a marca indelével da diferença dentro do núcleo familiar. As únicas ocasiões em que um ou outro parente passou algum tempo conosco, ao longo de duas décadas, foi quando um deles adoeceu, ou diante de um acidente grave, que demandasse os cuidados de um hospital com mais recursos, como no caso do bebê com fenda palatina, ou da priminha que aspirou um caroço de milho que, quando descoberto, brotava em um dos seus pulmões.

Já naquele período era claro, para mim, que os parentes da roça nos superavam inclusive em hospitalidade. Quantas vezes um casal de tios maduros havia deixado a cama para mim e minha irmã, ao chegarmos para passar a noite? Com uma boa vontade que soava completamente natural, iam dormir de bom grado no chão da sala, enquanto as duas meninas ficávamos com a cama do casal, pasmas com a generosidade do gesto que, sabíamos, nenhum de nós era capaz de realizar. Na nossa casa, como nas deles, também havia beliches e quartos partilhados entre crianças e adolescentes, mas cada cama era uma ilha, e assim haveria de ser para sempre.

Apesar da desigualdade que saltava da comparação entre os nossos hábitos e os dos parentes do campo, parece a mim, hoje, que as nossas dores e dúvidas de crianças e adolescentes da cidade eram vividas com muito maior ardor e desamparo que as deles, posto que, de um modo geral, curtíamos cada uma delas mais lenta e solitariamente que eles.

O avô de cima, mesmo sendo senhor de muitas posses, não se comprometia com investimentos em nenhum tipo de conforto ou comodidade para aquelas pequenas criaturas, resultantes, em vários casos, da mistura do seu "puro sangue europeu" com o de uma das filhas daquele antigo conterrâneo rival, o preguiçoso avô de baixo, "metido a vida inteira com negras e índias", um homem que, segundo ele, era "uma lástima, uma vergonha, um fracote", porquanto não conhecera sequer as agruras da Primeira Grande Guerra. Da experiência da batalha, contudo, o avô de cima não relatava muito mais que um ou outro eventos, sempre os mesmos. Guardava basicamente a lembrança do modo como as ordens dos seus superiores tinham sido transmitidas e cumpridas por ele à risca, como no caso da aventura que vivera certa vez, arriscando-se ao levar um recado oral do comandante da tropa diretamente ao comandante da tropa rival, e a perda de um velho conhecido, que morreu nos seus braços, no *front*. Era como se o resto tivesse se apagado da memória, ou como se as suas histórias resultassem de leitura, e não de experiência factual. O universo em que nos inseria por meio delas era cuidadosamente delimitado, exibindo começo, meio e fim, e cada acontecimento parecia ter sido selecionado de modo cônscio por quem sabe o que é melhor que faça parte, e o que deve ficar de fora da narrativa – exatamente como na ficção. O que também, é claro, poderia ser apenas o polimento natural que recebe uma história contada seguidas vezes.

Entre a criançada que constituía a sua descendência, os netos homens e os de pele clara eram visivelmente privilegiados e protegidos pela soberba do seu estranho humor, quase sempre sarcástico, mimando uns e discriminando outros, sem a menor crise de consciência. Meu próprio irmão mais velho era reconhecidamente o futuro herdeiro de relógios de pulso, de parede e de bolso, além da vasta coleção de literatura de cordel trazida não se sabia ao certo de onde nem quando e, também de origem secreta, os famigerados livros de medicina, com capa dura e corte dourado, cujo conteúdo, ilustrado por fotografias coloridas, acessado às escondidas por nós no lusco-fusco da despensa, ia recebendo ano após ano, nas folhas grossas, as marcas das nossas mãos suadas das brincadeiras no quintal. Do espólio deixado posteriormente ao neto preferido viria a fazer parte também o ideário nazifascista, transmissão misteriosa que, no entanto, era tão óbvia como se tivesse sido cunhada e legada a partir das moedas douradas dos países nos quais o avô havia lutado, além de um pequeno Santo Expedito, enclausurado nos dez centímetros de um casulo cor de cobre que se abria e fechava como um isqueiro, e que o avô, aos dezoito, levara consigo para a batalha. Sob jatos de lança-chamas e tiros de baionetas, escondido com o jovem avô de cima detrás de uma trincheira, o santinho protetor era, ele mesmo, protegido quando o perigo se fazia mais próximo, para ser, logo depois, posto a trabalhar face a face com o inimigo, mediante a abertura do invólucro metálico sujo de terra e fuligem.

• • •

Emulador e futuro herdeiro de ideias e demais trastes, já na infância o irmão mais velho deixava vislumbrar com sobeja em que águas aportaria o seu barco. Tendo oito anos mais que eu, durante algum tempo busquei-o como referência, na falta de outra que, dotada de um vigor mínimo, dissesse a que viera e, quem sabe, esclarecesse por que razão eu mesma tinha vindo. Muito cedo, porém, começou a revelar, involuntariamente, atitudes que me punham uma incômoda pulga atrás da orelha.

Foi assim quando descobri na parede de tábuas, acima da cabeceira da sua cama, duas séries de pequenos riscos verticais, cada uma delas encimada por uma palavra que eu não conhecia, em letras garrafais: à esquerda, CAT; à direita, DOG. Mamãe não gostava que rabiscássemos a parede, mas fazia vista grossa para aquela tabela tão bem organizada, que crescia dia após dia, linha sob linha, encabeçada por uma caligrafia de traçado homogêneo e sem vacilo, revelando cuidadoso planejamento.

Com o tempo, o irmão também se revelou um bom desenhista (mais tarde descobri que não era tão bom quanto o viam os meus olhos de criança, facilmente encantados com quaisquer delineados firmes e cores luminosas) e passou a ter acesso a amplas novidades da melhor marca de lápis de cor. Colecionava lápis dourados, prateados e "cor da pele" – numa época em que a única cor considerada "de pele" era a dos "brancos" –, e até alguns lápis de cores luminescentes, novidade no mercado, e ainda outros, de miolo matizado, que deixavam na folha um raro *dégradé*, luxo que o pai se permitia oferecer ao primogênito, imaginando, a partir das figuras de heróis, desenhos de carros de combate, navios e aviões estampados por ele nos cadernos de desenho, a vasta paleta de opções profissionais e *hobbies* que o rebento teria no porvir. Apesar da riqueza de materiais à disposição, a maior parte dos seus desenhos era elaborada em preto e branco, e ele preferia, curiosamente, desenhar com canetas Bic, fazendo um excelente aproveitamento – isso é preciso reconhecer – das ranhuras e marcas acidentais que encontrava nos diversos tipos de suporte, usando as sequências de diminutos traços e o pontilhismo como técnicas principais, por meio das quais conseguia simular perfeitamente efeitos de luz e sombra, embora o resultado final fosse, muitas vezes, de um medíocre decepcionante, devido, provavelmente, à falta de orientação para aprimoramento técnico.

No batente de todos os cadernos e na contracapa de um ou outro livro, havia pintado, com a paciência e o esmero que lhe eram peculiares, dois pequenos *esses* entrelaçados, alguns deles alteados em relevo graças à aplicação de cola branca sobre a letra colorida, técnica primária muito utilizada entre os estudantes, na época, para embelezar os títulos dos trabalhos, invariavelmente feitos a mão, e principalmente os desenhos de menor dimensão solicitados nas aulas de "Expressão Artística". No estojo de lona em que levava lápis, borracha, canetas e uma régua pequena, pediu à mamãe que, com base no seu esboço, bordasse as duas letras sobrepostas com linha brilhante, em branco sobre preto. Ela fez o serviço com a mesma dedicação que sempre prestou aos pedidos do filho mais velho, sem querer saber o que o bordado representava. Para mim, naquela época, a suástica em quase nada diferia, por exemplo, da cruz católica que eu via em túmulos e altares, ou da flor de neve branca e azul que dominava tudo no Natal. Não ia além de simples "expressão artística", um adorno modesto para os cantos sem graça de páginas em branco – era o que eu pensava.

Somente muito tempo depois comecei a perscrutar sobre onde o irmão mais velho teria descoberto os usos e significados daquele símbolo, num tempo tão anterior ao surgimento da Internet, quando inclusive as pesquisas da escola tínhamos de fazer *in loco*, copiando as páginas de um livro guardado dentro de uma biblioteca física, a qual era acessada pessoalmente, em geral por meio de uma longa caminhada a pé, ou cobrindo-se o percurso num ônibus, ou de bicicleta.

Foi então que me lembrei de um período em que o irmão andara fissurado atrás de palitos de picolé, catando-os pelo chão, no perímetro que ia da escola até em casa (onde vivíamos era comum que se lançasse no passeio público todo o lixo que sobrava do que consumíamos em casa ou na rua, de papéis de bala e cascas de laranja a restos de armários, sofás e eletrodomésticos; até onde me lembro, apenas o mangue, por ser a fonte principal de proteína de parte da população local, era poupado).

O padre que lecionava "Educação Moral e Cívica", título que quase todos entendíamos como "Educação, Moral e Cívica", vírgula apenas suposta, mas que fazia grande diferença nos conceitos que dali abstraíamos, solicitou que os alunos, durante uma semana, juntassem o maior número de palitos que conseguissem encontrar, os quais deveriam ser levados à sua aula na semana seguinte. A única exigência era que nenhum palito estivesse sujo, manchado, mordido ou minimamente danificado. Todos tinham de ser igualmente íntegros, claros e limpos, sem quebra ou quaisquer desfiados, livres de odores e até mesmo das marcas deixadas pelo sumo do picolé. Havia ainda uma exigência especial: que todos os palitos que cada aluno juntasse fossem de uma mesma marca.

Houve casos de meninos que pediram aos pais para comprarem diretamente da fábrica de picolés um pacote de palitos novinhos; outros puseram os palitos coletados de molho na água sanitária, na intenção de, depois de secos, serem apresentados intactos ao mestre, como se nunca tivessem sido utilizados.

Diante do mistério feito pelo mestre sobre o objetivo final da tarefa, alguns meninos – eu soube por meu irmão – iniciaram uma ferrenha rivalidade, cada um contando e recontando neuroticamente, dia após dia, o próprio acervo de palitos, cujo cômputo era posto em disputa com as somas dos seus próprios pecúlios que os demais faziam circular, fosse o total falso ou verdadeiro. Por contágio de um boato que se espalhou em questão de minutos, a maioria passou a acreditar que obteria melhor pontuação na disciplina aquele aluno que conseguisse angariar mais palitos, como acontecia nas gincanas.

Meu irmão, que diariamente já pedalava uns bons quilômetros de bicicleta, entre a casa e a escola, naquela semana foi e voltou parando em locais estratégicos, próximos de onde havia pontos fixos de venda de sorvete e picolé, colhendo assim, às dúzias, os seus palitos. Ao chegar em casa, descartava os que não passavam no critério de aprovação do professor e aqueles que se mostravam insuficientes para a norma ainda mais rígida que ia se estabelecendo durante o seu próprio trabalho de comparação. Os demais, guardava numa sacola plástica que ficava no chão, ao lado da cama.

Ao fim de cinco dias havia, no quarto, três sacolas de mercado lotadas de palitos igualmente claros e limpos – e da mesma marca, Pavlov, a qual, na verdade, não tinha concorrentes, dominando por completo o comércio das redondezas. Mas ele ainda lhes faria uma última inspeção, antes de entregá-los ao professor, buscando nas entranhas do pinho aquarelas quase invisíveis de tartrazina, *bordeaux* e amaranto, farejando de perto quaisquer resquícios do antigo odor artificial de morango, coco, limão ou abacaxi; por aquelas bandas raramente se encontrava um picolé de frutas natural. Naqueles tempos, como hoje, quanto maior a abundância de um produto numa determinada região, menor era o número de pessoas que tinham acesso a ele, mesmo sendo tão mais trabalhoso recriar em laboratório o sabor de uma fruta que já tínhamos na nossa safra, ainda que ela fosse cultivada apenas, ou principalmente, para exportação.

Chegada a data marcada para a entrega dos palitos, todos os membros da família já haviam sido mobilizados. Eu mesma juntara uma boa quantidade de pauzinhos, embora me enfastiasse o zelo exagerado do meu irmão com a limpeza deles. Papai era o mais aplicado de todos, mas conseguira apenas uma pequena quantidade, porque andava pouco e porque o seu critério de pureza era enorme, maior talvez que o do meu irmão e o do padre.

Após o sinal para a entrada, antes mesmo da chegada do padre professor, cada rapazinho expunha o seu patrimônio sobre a carteira, diante dos olhos gordos dos demais. Meu irmão, perscrutando com o olhar evasivo as carteiras ao redor, concluiu que ninguém trazia tantos palitos, muito menos palitos tão uniformemente limpos quanto os dele, exceção para os colegas que sabidamente haviam comprado na fábrica o seu trabalho de casa. Pairavam dúvidas sobre se a coleta também fazia parte da tarefa. As suposições eram variadas, a depender da criatividade conspiratória de cada aluno. Havia os que acusavam alguns colegas de desonestos, e os que, ao contrário, defendiam que os legítimos catadores teriam saído gazeando aula, enquanto fingiam juntar palitos. Outros ainda os acusavam os bons catadores de bobos e ingênuos, por terem se esmerado tanto na coleta, sendo que o professor não havia estabelecido uma quantidade mínima, e nem mesmo determinara se era necessário que cada um recolhesse pelas ruas os seus próprios palitos, ou se, ao contrário, bastava entregá-los durante a aula para que a tarefa estivesse completa. Enfim, alguma falha parecia haver no planejamento didático daquela aula, o que fazia reinar o caos.

Mestre Gláucio, igualmente chamado de padre Gláucio (um ou outro, sem receio de encarar o vexame público ou por puro gosto da gozação, deixava escapar, por vezes, um "tio Gláucio"), entrou na sala silenciosamente, passinhos curtos sob formas redondas. Um zum-zum frenético correu entre as mesas, vindo a silenciar logo em seguida, com o retorno de cada qual para o seu lugar. O mestre fez os cumprimentos de costume, depois apanhou a pauta, realizou calmamente a chamada e abriu enfim o livro da disciplina para a morosa correção do "Estudo Dirigido" que havia designado para casa, e que, no afã de ajuntar os famigerados palitos de picolé, alguns acabaram se esquecendo de realizar. Meu irmão jamais se esqueceria. Provavelmente era o aluno mais assíduo, pontual e organizado da escola.

Faltando uns vinte minutos para o fim do primeiro tempo de suas aulas geminadas, mestre Gláucio dirigiu-se enfim até a cesta de lápis de escrever que ficava no armário, esvaziou-a sobre a sua própria mesa, sem muito cuidado, e, em seguida, andou com ela pela sala, recolhendo ali dentro todos os palitos trazidos pelos garotos; agia como um padre que, numa igreja, recolhe as doações. Logo depois, com a cesta cheia dependurada no braço esquerdo, encaminhou-se, com maneirismos de madame, de volta para a sua mesa. Parecia surpreso com a quantidade de palitos recolhidos pela turma. Alguns dos meninos se mostravam indisfarçavelmente injuriados com o fato de o seu trabalho minucioso ter se perdido de mistura com o produto de cada um daqueles outros garotos, nem todos merecedores de destaque junto à disciplina, ou de boas notas no trabalho de campo.

De frente para o grande grupo, cujos eflúvios da testosterona se elevava no ar feito perfume, o jovem professor religioso corou um pouco. O tom rosado da sua pele ornava com a roupa preta, num contraste que pareceria bonito, não fosse o lustro de suor que lhe encharcava a testa e o pescoço a cada vez que ele se dirigia à turma para escutar uma pergunta ou tentando introduzir uma ideia nova. Sem dúvida Mestre Gláucio era um tímido, embora o seu olhar apertado para as malcriações dos rapazes, agitados e vigorosos, fizesse entrever algo mais, como uma ponta de forte repressão sobre o que se podia apenas imaginar serem desejos irreveláveis, daqueles que invadem a mente à luz do dia, em qualquer lugar, e que é preciso espantar com meneios de corpo, para que retornem ao buraco escuro de onde nunca deveriam ter saído. Era essa a luta aparente do religioso professor, cujas causas não se podia nem mesmo vislumbrar.

Assim que conseguiu aterrissar seu corpo rijo e roliço centralmente na cadeira por detrás da mesa, mestre Gláucio tentou, esticando os dedos e unindo as mãos, apanhar o maior número possível de palitos de dentro da cesta, mas percebeu, em tempo, que jamais conseguiria abarcar inteiro aquele feixe exuberante. Na sala, não se ouvia um pio sequer. Seu rosto róseo e redondo brilhou com uma expressão de júbilo. Por um instante miseravelmente passageiro, teve a sensação do tão almejado domínio de turma que outros professores pareciam trazer de berço e que executavam sem grandes esforços e sem nem mesmo aumentar o tom da voz, feito maestros experientes diante de uma orquestra bem ensaiada. Devolveu então os palitos à cesta, com gestos controlados, e iniciou a sua rápida preleção sobre o quão fraco cada um de nós se torna, estando sozinho. Falando muito mais com as mãos, ele agora apanhou apenas um palito, erguendo-o ao alto, feito uma hóstia, e quebrando-o com facilidade, dobrado entre os polegares e indicadores. Fez depois o mesmo gesto com outros dois palitos, e ainda com três, e depois com seis, os quais se romperam todos, expondo fraturas na madeira prensada que findava em farpas agudas, umas minúsculas feito alfinetes, outras enormes. Subiu então o número para doze palitos, quantidade que enfim se mostrou inquebrável, o que demonstrou aplicando sobre eles toda a força das suas mãos brancas e lisas de teólogo de gabinete. Ampliou o feixe de doze para trinta ou mais palitos e novamente tentou ao menos dobrá-los um pouco, desta vez, contudo, sem obter qualquer resultado.

Sério, compenetrado, como se falasse para dentro de si, padre Gláucio passou a vocalizar, num tom ao mesmo tempo suave e violento, o seu mais alto achado, a pérola do longo garimpo empreendido por ele no universo da educação cristã, o suprassumo das aborrecidas pesquisas teóricas que a igreja e a escola confessional lhe patrocinaram durante toda a última década:

— A união faz a força. Juntos, somos mais fortes.

Finalizou indicando com o dedo dois dos meninos, para que juntassem os restos de palitos quebrados, espalhados sobre a sua mesa. A garotada se entreolhou com espanto, decepcionada, quase em revolta com o desfecho da longa tarefa. Alguns começaram a circular entre as carteiras com ar debochado; outros, em franca revolta, ameaçavam amotinar-se. Tanto trabalho, passar uma semana inteira catando e escolhendo pedaços de pau, para resultar em tão pouco. Um dos rapazes chutou, como que sem querer, uma cadeira: "- Nunca mais!", dizia entre dentes, a cabeça virada para o lado de modo que o professor não pudesse ver diretamente quem reclamava. Enquanto isso, meu irmão, imóvel na sua cadeira, perscrutava calmamente razões não reveladas para aquela pesquisa sem pé nem cabeça, o dispêndio de tanta energia. Havia tantos outros modos de o professor introduzir o assunto para poder dizer aquelas mesmas palavras de ordem, sem precisar inventar um trabalho daquele, cogitava. Criar tanta expectativa, para quê? Pensou em apanhar de volta os seus palitos e construir com eles uma arapuca para armar no fundo do quintal. Até mesmo ensejou aproximar-se da mesa e recolher uma quantidade equivalente à dos palitos que entregara, mas o professor já exigia ordem na sala.

Lentamente, emburrando, retornaram todos para as suas cadeiras. Em pouco tempo, o caso dos palitos tornou-se uma anedota, enfraquecendo assim o respeito já minúsculo pelo professor e pela disciplina. Alguns alunos, porém, continuaram tentando depreender do evento motivações desconhecidas, causas e consequências secretas, significações ocultas, ainda por desvendar.

Para incremento das piores narrativas que se desenrolaram a partir de então, no final do recesso de julho deu-se o inimaginável: uma foto do padre Gláucio foi publicada na seção de polícia dos dois jornais que circulavam no Estado. O religioso era acusado de abuso de menores. A notícia caiu como uma bomba sobre a escola, lançando a lama da desconfiança na portada de alguns lares. A publicação pode ter sido o motivo para que meu pai, logo depois, transferisse meu irmão para outra escola. Longo prazo, eu não saberia dizer o que fez mais mal a sua adolescência, o que viria a marcar mais negativamente a sua personalidade — se o tempo que passou na escola dos padres ou a mudança para a escola pública "polivalente", onde aprenderia a fazer estilingues e a empalhar pequenos animais. É possível que ele próprio não soubesse responder, mesmo durante o tempo em que pareceu, a mim e a mamãe, fundamente deprimido com a decisão do pai, a que, no entanto, não se opôs.

— Amanhã mesmo ele está fora de lá.

Foi tudo o que ouvi meu pai dizer a mamãe, uma frase lançada meio de lado já da porta, ao sair para o trabalho — como quando, na última hora, dispensava pelos ares um lenço usado que achara no bolso e que por vezes ela pegava ainda no ar. Afora isso, a decisão foi tomada em silêncio e jamais anunciada aos demais membros da família, o que, aliás, não acontecia mesmo, em hipótese alguma. Ainda que fôssemos crianças, ou por isso mesmo, teria sido o melhor período para nos incutirem alguns princípios, se é que havia algo em que ambos acreditassem ou ideias que discutissem entre si. Mas a autoridade de meu pai era tão óbvia, plena e inconteste, que em geral prescindia até mesmo de discurso, ordens ou palavras, condição que, por contraste, a ocasional estridência de mamãe vinha a destacar e, desgraçadamente, a reforçar.

A transferência para a escola polivalente, contudo, parece ter demorado um pouco mais que o anunciado por meu pai. Talvez não houvesse vagas na escola pública, ainda mais estando distante o início do ano, que era o período programado para receber novos alunos.

Desde que fora avisado por mamãe de que seria transferido do colégio dos padres, mais ou menos um mês antes da ida para a escola nova, meu irmão passou a andar cabisbaixo e mais fechado do que já era. Comia pouco, falava menos ainda. Emagreceu a olhos vistos. Numa manhã chuvosa de domingo, cheguei a vê-lo simulando um voo do teto da casinha de ferramentas de meu pai, que ficava no fundo do quintal. Havia recortado no papelão duas enormes asas de pardal das quais eu até ri bastante, porque me pareceram uma versão de terror das lindas asas de anjo que eu mesma usava nas cerimônias de coroação, confeccionadas por mamãe com esmero, usando farto papel crepom cor de rosa, que era cacheado no fio da tesoura, depois colado sobre o papelão pardo, de modo que não ficasse à mostra um milímetro sequer do pobre material que lhe formava a base, marcado de um dos lados com o logotipo de uma famosa marca de sabão. As duas asas eram milimetricamente medidas, desenhadas e recortadas por meu pai, que as emendava ao meio, caprichosamente, com dois pedaços de elástico largo, tornando-as flexíveis e confortáveis. A perfeição da minha fantasia (mamãe proibia o uso desse termo para as festas religiosas), em contraste com a pobreza das asas das outras crianças, ao invés de alegrar, me enchia de vergonha, pelo destaque. Já as asas suicidas do meu irmão me tiraram risos porque, de verdade, eu não podia crer que ele, sendo inclusive mais velho que eu, acreditava que voaria usando dois pedaços de papel feios e frágeis. Ao que parecia, o seu apurado senso estético não funcionava no campo da aerodinâmica – ou da angústia familiar.

Na última procissão antes da transferência do irmão mais velho, estávamos ainda em concentração, na porta da igreja, quando o padre Romério, que não rezava missas no bairro, mas morava no casarão da rua de cima, cavou um espaço por entre as crianças apenas para se aproximar de mim, e, com seu jeito agressivo de andar e falar, ficou parado por uns instantes na minha frente, exclamando repetidas vezes, enquanto me olhava fixamente nos olhos e na fantasia:

— Gente, mas esse anjo louro só falta voar! Só falta voar!
Devo ter corado feito uma pimenta ao sol. A criançada ria de rolar. Os festejos religiosos, único tópico em que nossos pais aparentavam plena concordância, formavam um capítulo especial no grosso livro dos constrangimentos públicos que nos eram impostos pela mais singela ignorância e farta insensibilidade do casal. A nossa assídua participação neles expunha com imodéstia uma espécie de triunfo dos desejos estéticos e de socialização daqueles dois caipiras suburbanizados. Éramos todos crianças bonitas, ou, pelo menos, agradáveis ao olhar, não resta dúvida quando se veem as fotografias em preto e branco que formam o espólio memorial da primeira década vivida pela família nas ruas estreitas daquele bairro pobre da capital. Mas éramos, principalmente, tímidos, temperamento que fazia com que cada uma dessas aparições públicas fosse um verdadeiro estupro psíquico – ao menos era assim que eu as recebia.

Numa das primeiras fotografias coloridas a figurar no álbum plastificado que meu pai recebera como pagamento por um serviço, o irmão mais novo, com aproximadamente cinco anos, aparece vestido de São Sebastião, encabeçando uma procissão de sessenta crianças magras e feias, muitas com as pernas repletas de marcas de catapora, hematomas e cicatrizes de antigos arranhões. E a festa não teria permanecido nem mesmo na memória dos participantes, não fosse o fortíssimo empenho de mamãe em guardar aquela imagem de 10 X 15, livrando-a das ganas de masculinidade do irmão caçula, que, apenas atingida a pré-adolescência, tentou, a todo custo, livrar-se da inarredável lembrança de uma infância em que fora confundido diariamente com uma menina, talvez devido aos seus longos cachos louros, aparados na testa numa franja arredondada e espalhados em torno do lindo rosto branquíssimo, de traços realmente angelicais, daqueles anjos que habitavam os sonhos de um Boughereau.

Aquela fotografia era o produto mais bem acabado do trabalho de um fotógrafo ambulante que ganhava a vida se esgueirando por entre acontecimentos sociais que envolviam crianças. Tomava as imagens em negativos, sem prévia autorização, e, depois de revelada em laboratório a melhor entre elas, oferecia-a aos pais por valores nada palatáveis. Em geral essa tática mexia com estruturas afetivas muito profundas e elementares, o que era ainda mais vantajoso para o profissional, porque dispensava todo o típico discurso comercial. Era só expor o produto aos olhos do interessado e pronto. Nos intervalos entre as festividades, os fotógrafos passavam de porta em porta numa espécie de tuc-tuc, carregando consigo um pequeno cavalo de pelúcia com sela e cabresto que encantava a meninada e, quiçá, alguns pais. Entre os mais pobres, como nós, o uso desse método de sedução poderia parecer, à primeira vista, um erro de cálculo ou trabalho em vão, mas esses profissionais entendiam da psicologia humana; numa época em que a sua especialidade técnica e artística ainda não era amplamente disseminada – e como absolutamente ninguém ali possuía uma máquina fotográfica –, era difícil aos pais, custasse o que custasse, resistir à tentação de ter a imagem dos rebentos impressa em um papel especial, que poderia ser emoldurado e exposto sobre a cristaleira ou pendurado na sala, ao lado do antigo retrato a óleo dos avós. Era sobretudo impossível aos pais ignorar o fato de que, após o prazo determinado para pagamento, a imagem sagrada do herdeiro das suas próprias qualidades físicas e morais teria destino desconhecido, sendo esquecida no fundo de uma gaveta, num escritório sujo e poeirento, ou pior: seria rasgada e lançada à lata de lixo, caso a família não pagasse por ela. Adquirir ou não adquirir – eis a questão! Qualquer das duas opções traria aos meus pais o seu grão de desgosto, mas uma delas garantia o bônus supremo de dar provas aos conhecidos e parentes, ainda uma vez, do quão fotogênicos eram os seus descendentes, ampliando-se assim no próprio casal de migrantes do interior a autoestima minguada, maltratada dia após dia no contato com vizinhos acostumados às urbanidades mais fúteis, porém cheias de novidades, que viver na capital prometia.

Na imagem da procissão, guardada a sete chaves num velho baú de madeira com dobradiças de couro herdado por mamãe de um tio-avô longínquo, que fugira para o Acre seis anos antes, em circunstâncias pouco conhecidas, ou que não era muito seguro comentar, o irmão caçula, que representava São Sebastião, dominava a cena com seu torso nu, cingido apenas na cintura por uma diminuta tanga de seda vermelha que mamãe cuidara para que parecesse muito realista ou natural, não permitindo que por entre as dobras do tecido se visse um centímetro sequer da vulgar cueca branca estampada com bichinhos coloridos, muito díspar da ideia de sofrimento e santidade, na sua visão. Aliás, eu não entendia por que o "santo soldado", de quem o padre falara na missa, usava tanga, e não armadura, veste típica de um guerreiro. Tudo me soava mal explicado.

Somente depois de afastada no tempo a lembrança da velha romaria, todos nós ficamos conhecendo o desconforto do irmão menor com a tal fotografia e principalmente com a sua participação no evento, que ele afirmava, revoltado, ter sido forçada. No seu semblante eu via que apagar da memória a cena odiosa sempre foi o mais difícil. Entretanto, no instante da captação feita pelo fotógrafo, ele se mostrava muito à vontade no papel principal, como o mártir que depois, já em pleno uso das suas faculdades pós-infância, viria a repelir. Vida afora, a rejeição insistente e exagerada a tudo que lembrasse aquele santo ou outros semelhados foi expondo lentamente o espelho borrado da emulação.

Eu quase nada sabia sobre a biografia do santo católico (nossa igreja se preocupava basicamente com exemplos de ordem prática, desprezando a teoria). Também não havia lido ainda a bela descrição feita por Yukio Mishima da tela de Guido Reni, representando o santo ferido, com duas flechas fincadas no peito. Aliás, nessa época era raro encontrar-se uma tradução em português da literatura japonesa, e, quando havia, eram aquelas patrocinadas por um antigo e pernóstico Clube do Livro, trabalhos sem assinatura, publicados em edições repletas de problemas linguísticos. E, afinal, Mishima tinha acabado de suicidar-se apenas dois pares de anos antes de o meu irmão pequeno desfilar como santo ferido pelas ruas poentas daquele bairro do subúrbio. Uma década e meia depois, ao deparar-me com uma reprodução da tela, e, por acaso, com a sua descrição no romance do escritor japonês, compreendi vivamente a intuição sensível do meu irmão, a sagrada ira adolescente com que tentara extirpar aquela imagem do nosso álbum de família e da sua própria lembrança.

*u*m dia qualquer, próximo do meu aniversário de oito anos (Lembro bem, porque foi quando ganhei minha primeira boneca, uma menina de plástico duro, inarticulado, cujas medidas regulavam com as minhas, uma boneca feia daquelas que, tendo o cabelo apenas desenhado na cabeça, ou então marcado em relevo no próprio plástico rosa amarelado que lhe servia de matéria, habitavam as prateleiras dos fundos dos mercados até que o Natal e o décimo terceiro salário chegassem para os assalariados. Algumas vinham com uma peruca móvel, o que lhes aumentava o valor em alguns cruzeiros. As mais caras traziam um vestidinho de chita florida; a maioria, porém, trajava apenas uma calcinha de plástico branco, segura por dois nós cegos amarrados nos quadris. O meu sonho mesmo era uma boneca que piscava e chorava e tinha o cabelo entranhado na cabeça, e não fora dela. Melhor ainda seria se dobrasse joelhos e cotovelos, mas algo assim era impossível para uma menina pobre como eu, e sobre isso não havia ilusões.)...
Enfim, foi próximo desse dia que entrei no quarto do irmão mais velho para arrumar-lhe a cama, como de costume, e vi que na parede, ao lado das grafias de CAT e DOG, havia agora os mesmos *esses* entrelaçados que ornavam os batentes dos cadernos, porém riscados na tábua com giz de cera, num traço lustroso tão grosso que quase fazia relevo.

Em outros objetos seus eu já havia notado uma profusão de imagens de diferentes tipos de cruzes, a maioria possuindo dois braços, ao invés de um. A simbologia da cruz, comumente ligada a qualquer coisa funérea que habitava entre a igreja e o cemitério, eu conhecia de longa data. Mesmo assim, não admitia uma representação tão profusa da morte num quarto que ficava ao lado do meu, afinal era justamente para isso que existiam a igreja e o cemitério. Eu intuía, portanto, que não deveria caber ali, na cabeceira do irmão mais velho, uma atmosfera que de algum modo evocava a dos velórios e filmes de terror. Na minha cabeça curiosa, que necessitava de respostas, concluí, um tanto apressadamente, que aquilo tudo tinha a ver com religião e, muito provável, com o fato de o irmão mais sortudo entre os quatro estudar no excelente colégio de padres, cujas paredes bem caiadas brilhavam ao sol, ofuscando os nossos olhos como se fosse um castelo ao avesso, já que este luzia por fora, branco, imaculado, isolado no alto da Pedra do Búzio, destacando-se em meio a uma paisagem em tudo escurecida: na poeira das ruas sem calçamento, na lama do mangue que grudava em tudo, no minério de ferro que pairava no ar e nas moradias mal construídas, quase todas feias, velhas e frágeis.

Na primeira oportunidade, questionei acerca dos símbolos (eu os denominava "desenhozinhos") e meu irmão desconversou ou disse que eram o mesmo que S.A., Sociedade Anônima ou Limitada, não lembro direito, mas o mistério não duraria muito tempo: a própria sanha de ilustrar com aqueles *esses* cruzados a lista anódina de CAT e DOG, unindo o registro do ato ao símbolo da ideologia, já mostrava que o segredo tinha de ser dividido com alguém, ainda que imaginário; de outro modo, o sabor do feito não seria o mesmo. O verdadeiro segredo é aquele que é repartido. Se assim não fosse, como saberíamos que existe ali um segredo?

Dias depois ele me chamou até o quarto e perguntou se eu havia notado que as duas listas tinham crescido, embora em desequilíbrio. Ajoelhando-me na cama e olhando atentamente os riscos na parede, eu disse que sim. Ele afirmou então que aquilo dava muito trabalho, e que CAT era ainda mais difícil que DOG. Perguntei o que eram e por que razão davam tanto trabalho. Imediatamente, como se já esperasse pela pergunta, ele retirou de sob a cama uma caixa de madeirite fabricada por nosso pai com restos de um armário velho, na qual eu já sabia que o irmão guardava duas meias furadas, enfiadas dentro de um par de congas velhas que, até onde eu atinava, ele usava para pescar e catar caranguejos. A mãe preferia que ficassem ali dentro, evitando que os grumos de lama preta se espalhassem pelo chão.

Eu arregalei os olhos, admirada com a desenvoltura que o rapazinho silencioso e magrela de repente assumiu. Abriu a caixa animado e me ordenou prestar atenção nos cantos. À primeira vista não vi nada demais, apenas que a madeira parecia suja, havia uma penugem grudada no fundo, como se um veludo velho tivesse sido esfregado na madeira rústica; considerei que talvez as suas meias viessem se desfiando ali dentro. Nesse momento, ele já ostentava ares de sabichão, brilhava em seus olhos claros um orgulho indisfarçável, tinha a expressão de quem guarda em algum lugar, desconhecido de todos, um tesouro que está prestes a desenterrar. Semelhava alguém a quem se revelou a sapiência, a imortalidade ou a fonte da juventude. Nunca antes eu tinha me deparado com aquela cara que o meu irmão de repente apresentava diante de mim. De algum modo me senti importante, valorizada por aquele de quem tantas vezes eu implorava a atenção, enquanto ele recortava com estilete, em pedaços de isopor, as suas maquetes, e que raramente me respondia, acostumando-me, desde cedo, a achar normal não ser ouvida. Só então notei que, na verdade, embora raramente se mostrasse, o entusiasmo dele já era um trejeito antigo, que por alguma razão tinha me escapado, nos contextos em que surgira. Naquele instante era impossível quantificar as circunstâncias em que eu já o vira sorrir assim enigmático, quase demoníaco, com os mesmos olhos azuis proparoxítonos que também herdara do avô de cima.

A conversa que se seguiu não deixou mais qualquer margem para as dúvidas que eu ainda desejava alimentar. De maneira direta, ele me descreveu como apanhava gatos e cachorros que circulavam pelas redondezas do quintal, depois de atraí-los com restos de comida. Munido de grossas luvas de mecânica, pegava-os de surpresa, enquanto comiam, embolando-os com um dos sacos de rede plástica que o nosso pai trazia do trabalho para usar na coleta de caranguejos. Dali, carregava os animais para o interior da casinha de ferramentas que ficava no fundo do quintal, nos casos em que não tivesse conseguido conduzi-los até lá diretamente, e então os eliminava a tiros de espingarda, ainda dentro da sacola, onde os mais ariscos e os que já haviam sofrido maus tratos, apavorados e lutando até o fim pela vida, faziam grande algazarra, obrigando-o a abafar seus ganidos com o peso do corpo, usando os joelhos e os antebraços. Somente os filhotes e aqueles ainda muito novos, mais mansos, emudeciam de todo diante de um primeiro gesto vigoroso, restando apenas um respiro pesado e quente, que vazava por algum tempo entre as malhas da bruta mortalha, através da qual o meu irmão via um par de olhos enormes feito faróis irem se apagando. Contaria nos dedos de uma mão, afirmou, os bichos que conseguiram lhe escapar.

Assim que o animal morria, o pequeno cadáver, tornado incrivelmente leve, era envolto em outro saco, este de estopa, "para evitar sujeira". Em seguida, era depositado na caixa de madeirite e conduzido de bicicleta até a Prainha, onde era aguardado por um bando de urubus famintos.

— Com os cachorros é mais fácil, porque são bestas e estão sempre com fome. Nem é preciso pôr a mão neles, eles vão pra casinha comigo, atrás de um pedaço de pão. O problema são os gatos, a maioria é muito arisca e barulhenta. Outro dia teve um que aguentou dezoito tiros e ainda miava. As balas da espingarda ficaram grudadas no couro, não entravam de jeito nenhum. Tive de matar a faca.

Tive náuseas. Imediatamente me vieram à mente *flashes* de lembranças várias: o irmão saindo de fininho com sua caixa no bagageiro da bicicleta, no meio da tarde. Eu gritando que me levasse junto e ele ignorando os meus apelos na frente da casa. As frequentes marcas de sangue no seu uniforme. A mãe reclamando da sujeira na casinha de ferramentas. Miados e latidos abafados, vindos do fundo do quintal, que ouvíamos no meio da noite.

Minha cabeça rodou, senti uma vertigem, como quando escalei até a copa a mangueira mais alta do quintal. Meus pés vacilaram, caí sobre a cama, e, quando abri os olhos, mamãe estava debruçada sobre mim, me dando para cheirar um pano com álcool e cânfora.

Voltei a mim agarrada à esperança de que tudo tivesse sido apenas um pesadelo, mas lá estavam, pouco acima da cabeceira, o rol dos assassinatos e a cara perversa do meu irmão. Cinicamente, abrindo automático dois pequenos leques de rugas nos cantos dos olhos, ele sorriu por detrás do rosto preocupado de mamãe, que parecia realmente de nada suspeitar.

Na escola confessional, era considerado um bom aluno. Tirava notas sempre boas ou regulares e tinha uma relação especialmente fraterna com alguns dos professores. Volta e meia me trazia balas e bombons que havia ganhado do popular padre Marinho. Um conhecido de meu pai foi quem conseguiu para o meu irmão a tal bolsa integral naquele que era um dos colégios mais caros e concorridos da cidade. Não fosse assim, nenhum de nós sequer lhe passaria perto dos vastos portões com grades de ferro retorcidas em arabescos. Para quem morava próximo das palafitas, apesar de ser um feito econômico extraordinário, a bênção da bolsa nos maristas, por outro lado, mostrava-se ambígua, porque acarretava custos extra, que não cabiam no orçamento da família, como tênis, uniforme e material escolar específicos, coisas que as escolas comuns, em contrapartida, não exigiam – inclusive era minha mãe quem costurava os uniformes dos outros três filhos, matriculados no ensino público. Naquele tempo, nas camisas de uniforme do Ensino

Fundamental ainda não havia bordados sobre os bolsos com logos específicos, que representassem as iniciais das escolas, o que facilitava a relativa falsificação que era confeccionar os uniformes, em vez de adquiri-los na escola, superfaturados. Graças a isso, economizávamos bastante comprando um único corte de tergal azul marinho para as bermudas e saias (os uniformes eram diferentes para meninos e meninas, algo que a maioria das escolas ainda mantém, meio século depois), e um outro corte de malha em algodão branca, para as camisas. Alguns palmos de malha sanfonada da cor das bermudas eram suficientes para o acabamento das mangas, e, quando solicitado, das golas.

Já no colégio dos padres, o conjunto de trajes incluía uma jaqueta de malha, grossa cor de vinho, para os meses de frio, cujo tom se sobrepunha ao das duas listras grenás bordadas como acabamento nas meias beges. Até mesmo um cinto de fivela dourada os meninos tinham de usar. Não eram itens comuns para uma família como a nossa, em que os mais novos aproveitávamos os sapatos dos mais velhos, à medida que crescíamos. Presumivelmente, no entanto, bastaria que meu pai pedisse, e os padres-professores lhe teriam conseguido, junto aos dirigentes da instituição, mais esses benefícios para o meu irmão – nada lhes custaria, se já forneciam a bolsa estudantil na sua integralidade. Mas o velho tinha as suas reservas de orgulho.

A passagem do meu irmão pela escola confessional não durou mais que dois anos e a razão do seu afastamento seguiu sem jamais ter sido plenamente esclarecida em família. No auge da ditadura militar, foi transferido para a escola "polivalente" situada mais próxima de casa, à qual poderia ir inclusive a pé. Nessa predecessora das escolas técnicas, juntamente com minha irmã, apenas um ano mais nova que ele, aprendeu a embalsamar e a empalhar cobras, ratos, escorpiões, garças, pombos e morcegos, estudou corte e costura, culinária e marcenaria básicas, aprendeu a trocar lâmpadas e a fazer sabão, além de dirigir um pequeno trator, nas aulas de Agronomia. Quanto à taxidermia, cuja utilidade e adequação ao currículo ninguém questionava, terminado o processo que garantiria a conservação dos animais, coletados pelos próprios alunos em seus quintais e arredores, o resultado era exposto no laboratório da escola, de cujo patrimônio passava a fazer parte. Eu mesma cheguei a reconhecer, anos depois, alguns dos trabalhos feitos e assinados por meu irmão, mas nunca me deparei com algo que tivesse sido realizado por minha irmã. No ano em que cheguei ao ginásio, porém, a instituição deixava de ser "polivalente" para ser transformada numa escola comum, sintoma da fase de preparo para a abertura política do regime. Os ditadores, que em breve apeariam do poder, de repente já não viam sentido em investir na Educação.

No laboratório, em que a minha turma entrou uma única vez, e muito rápido, como se cumprindo uma obrigação que tivesse sido imposta ao professor, havia um feto conservado em etanol, em torno do qual circulava uma das mais capilarizadas lendas urbanas do período, que afirmava que o Corpinho, como alguns o chamavam, era resultado do aborto realizado por uma ex-aluna, totalmente incógnita. A narrativa exalava um tom moralizante e se firmava em pouco mais que algumas frases, ditas secamente pelo professor. O grupo trabalhava assim na mais completa economia discursiva, apoiado, no entanto, sobre o eloquente terror realista baseado na imagem: o pavor que emanava do Corpinho dispensava palavras e conservava-se longe do toque, mas era bastante visível aos olhos de todos, na vitrine da Ciência. Tínhamos medo de, futuramente, virmos a representar, por luxúria, lascívia, ignorância ou azar, uma nova personagem como aquela garota anônima que dera à luz trevosa aquele projeto de gente.

Dominava, contudo, a história da Mulher de Algodão: uma estudante muito branca, de longos cabelos claros, teria se envolvido numa briga com outra menina. A garota loura teria sido mortalmente ferida pela colega com uma lâmina de barbear, e, a partir de então, habitava no banheiro da escola, aparecendo para algumas estudantes vestida de branco, vindo a cortá-las com a mesma lâmina que teria guardado fincada na própria pele, em meio a chumaços de algodão postos ali por um adulto que tentara em vão lhe estancar a sangria, na ocasião da briga.

A transmutação da personagem menina em mulher no nome da lenda, Mulher de Algodão, corresponderia, talvez, à necessidade de generalização, sobre que se constroem as lendas e mitos. Ou talvez tivesse como função lembrar o tempo que passou desde os supostos acontecimentos, que afinal se deram entre crianças, até aquela atualidade, em que talvez elas já seriam mulheres. Fosse como fosse, a mensagem ou moral da história poderia (e deveria) estender-se ao infinito, com a lembrança dos fatos e o eterno retorno da menina, que, quem sabe, estaria ela também, no panteão lendário, envelhecendo, o que garantiria a um tempo a identificação, com ela, do novo público, e alguma realidade dentro do irreal. Mais provável, todavia, era que se insinuasse, no termo "mulher", alguma recôndita sensualidade, que quem sabe ligaria a Menina-Mulher de Algodão, na nossa mente apavorada de crianças, àquela outra, o fantasma do laboratório, a aluna precoce, errada e irresponsável que, tão jovem, engravidara, transformando-se em mulher, e perdera o seu filho para a fria bancada de Biologia, a infeliz mãe do feto guardado no vidro. Ah, o velho pecado feminino que a todas abarca. Não faltavam à personagem da lenda do banheiro nem mesmo os longos cabelos, símbolo de sensualidade, ou as roupas brancas de virgem, manchadas de sangue na luta com a colega, a qual, muitos juravam, era uma menina morena. Quem sabe a luta da menina branca (e pura) seria contra uma outra de si, a sua parte sensual, impura... e morena? Qual delas teria, de fato, vencido a batalha? No sentido do trabalho moralizante da lenda, nenhuma. Na escola não há parcela aceitável de maldade, sensualidade ou indisciplina. A batalha segue pelos banheiros.

Alguns professores bem que tentavam desmentir a narrativa da Mulher de Algodão, alegando que sua origem estava apenas e tão somente na má vontade do pessoal da limpeza com os banheiros sempre imundos da nossa escola, e que um antigo funcionário teria inventado a história para que a procura pelos sanitários, nos intervalos, diminuísse. Vindo à tona o assunto, a professora de Geografia aproveitava o ensejo para pedir que não nos esquecêssemos de acionar a descarga, o que nos confundia, já que a coordenadora, por outro lado, em toda oportunidade que tinha, implorava, ao contrário, para que economizássemos água, evitando dar descarga desnecessariamente, a cada vez que usássemos o banheiro.

O certo é que muitas das meninas nos furtávamos a usar os banheiros da escola, cujo cheiro e aparência, por si só, já eram um cenário de horror comparável ao da história da Mulher de Algodão. Quem conseguia, deixava para fazer xixi em casa, e não faltaram episódios em que as alunas se seguravam até não aguentar mais, e depois simplesmente urinavam nas roupas, em plena aula, na frente dos colegas e da professora (ao contrário da escola de padres, nas escolas comuns praticamente só tínhamos professoras mulheres, a que seguíamos chamando de tias para além do Ensino Fundamental, até que de repente caísse a ficha ou uma delas, futura leitora de Paulo Freire, já então nos repreendesse com um maroto e vidente "professora sim, tia não").

• • •

Coincidiu, a minha entrada no ginásio, com a ampla divulgação, nas escolas de todo o país, da coleção de livros paradidáticos que compunham a série Vaga-lume. Por entre eles, os romances indicados para a minha turma, apesar de uma vasta romantização dos feitos de jesuítas e bandeirantes, não deixavam de ser uma pequena luz na escuridão, e, para muitos colegas tão ou mais pobres que eu, representaram o contato inaugural com a literatura. Foram os primeiros livros a que tive acesso, junto com aqueles herdados dos irmãos mais velhos e, graças à obrigatoriedade da escola, os únicos comprados especialmente para mim. Até então, sobretudo na fase mais cruenta do período ditatorial, em que meus irmãos mais velhos estudaram na escola polivalente, as leituras "extra" consistiam de uma lista de alguns clássicos da literatura nacional, com grande destaque para José de Alencar. Foi por esse meio que me chegaram às mãos, precocemente, quase todos os seus romances, indianistas, urbanos e sertanejos, depois de feita (ou simulada) por eles a leitura obrigatória, terminada sempre às vésperas da avaliação, que era realizada diretamente numa "ficha de leitura" que, bem ao gosto da época, trazia perguntas óbvias, de respostas inescapáveis, sobre autoria e enredo dos romances, e uma ou outra questão vocabular.

Os livros didáticos de Língua Portuguesa, que eu também confiscava das tralhas abandonadas pelos irmãos para ler às escondidas, embora tivessem como público alvo alunos já adolescentes, para além de poemas da primeira fase do Romantismo e de alguns parnasianos, apresentavam apenas e tão-somente textos de temática leve e engraçada, como causos sertanejos, piadas ilustradas, letras de canções de cunho patriótico e anódinas crônicas paródicas de enredos comezinhos, em que o personagem mais esperto acabava sempre levando vantagem sobre o outro, correto e ingênuo. O tema geral de cada um dos textos tinha de ser destacado nas duas linhas que vinham logo abaixo, seguidas de perguntas do mesmo teor que aquelas das fichas de leitura.

As propostas para interpretação dos textos, chamadas "Estudo dirigido", consistiam de cinco ou, no máximo, sete questões, cuja margem para respostas jamais permitia ir além de uma verdadeira cópia de partes do texto ou de dúvidas meramente lexicais. A expressão que não faltava em nenhuma das sequências de perguntas era "responda com as suas palavras", o que significava, paradoxalmente, que tínhamos de parafrasear o trecho em que se encontrava a resposta, sem simplesmente copiar, mas também sem inserir na resposta nenhuma ideia que não tivesse sido elaborada pelo autor, o que descobríamos já na primeira correção de exercícios. As ideias nunca eram nossas, apenas as palavras. Opiniões e argumentos então, nem pensar. Vivíamos um tempo em que poucas atitudes eram consideradas mais feias e reprováveis que sair por aí "inventando moda".

Fosse como fosse, apenas virada a folhinha do ano letivo para os irmãos mais velhos, eu sequestrava os seus livros, especialmente os de Língua Portuguesa, na época chamada "Comunicação e Expressão". Meu apetite por entender o funcionamento da linguagem era grande, e, embora fosse ainda muito pequena, eu me frustrava quando, livro aberto nas mãos, recostada numa árvore do quintal com o lápis em punho, deparava com perguntas que considerava fáceis demais, como: "Qual a palavra do texto que significa 'bagunça'?", "Quantas aves o menino encontrou no caminho?", ou "Quais versos, no poema, rimam com aquele que termina em 'aflição'?". Apesar da raridade e da rasidão, perguntas como a última eram as minhas preferidas, por representarem uma possibilidade, ainda que mínima, eu intuía, de alargar o pensamento e o senso estético.

• • •

Com o passar dos anos, o irmão mais velho foi atuando cada vez mais de modo a cristalizar em torno de si a aura de rapaz bonzinho, para os que o conheciam apenas de longe, e de inteligência prodigiosa, entre os membros mais simplórios da família. Assim que completou dezoito anos, nosso pai, inteiramente alheio à realidade da estranha persona que se desenvolvia sob o seu teto, passou a arranjar-lhe, um após outro, trabalhos aos quais ele jamais se adequaria, fosse por desacordo psíquico ou físico, como ajudante de feira ou vigilante noturno, por exemplo. Embora se mostrasse seguidamente desapontado nas tentativas de manter-se num emprego qualquer, por meio do qual pudesse arcar com algumas das suas próprias despesas, a fama de pessoa bem sucedida seguiu-o por muito tempo, até que ele caísse indubitavelmente em desgraça. A reputação de talentoso sem dúvida se deveu mais ao trabalho contínuo de propaganda enganosa, levada a efeito tanto pelo nosso pai, carente de algum tipo de realização, ainda que se desse na vida do filho e não na dele mesmo, quanto pelo avô de cima, que se julgava em condições de avaliar superiormente, e com isenção, as potencialidades e fraquezas de cada um de nós.

Bem mais tarde, já próximo dos trinta anos, logrou ser aprovado num concurso bastante disputado por candidatos de formação média, preenchendo vaga para uma função técnica num órgão público. A mediocridade do cargo e do salário condiziam com as suas reduzidas ambições e ele se aquietou ali por anos, preenchendo planilhas, datilografando fichas e xerografando documentos, até que estourou o escândalo que quase enlouquece nossa mãe. Ainda hoje me pergunto como ninguém percebeu, se de fato ninguém notava, ou se, por alguma razão, fingiam não ver os diminutos flocos de neve que vinham se juntando para formar a bola gigante que, num só giro, tiraria a todos o ar e o chão: na antevéspera do seu casamento com a única namorada que teve, e que apresentou três meses antes aos nossos pais, uma garota provinciana, cuja neurastenia parecia se adequar perfeitamente às debilidades psíquicas dele próprio, a jovem noiva, delicada e ingênua, simplesmente desapareceu do mapa. Por toda a cidade houve diligências em busca de pistas do seu paradeiro. A mãe, amorosíssima, foi internada às pressas em estado catatônico, que evoluiu rapidamente para uma espécie de catalepsia. Meu irmão não estava entre os suspeitos, inclusive auxiliava nas buscas, mantendo a fleuma que lhe era peculiar nos momentos de tensão. Por fim, quando a polícia aparentava já haver encerrado, extraoficialmente, as buscas, o corpo apareceu, boiando num dos cantos da Prainha, dedos das mãos e dos pés roídos já pelos siris. Três fotos do meu irmão vestido com peças de lingerie da namorada defunta foram encontradas por entre inúmeras imagens de soldados armados e uma foto de Ron Ely de tanga, recortada de uma revista. Estavam trancadas na velha caixa de madeirite, escondida sob um monte de ripas, dentro da casinha de ferramentas do nosso pai, e formaram o chamariz para que os investigadores suspeitassem da estranha calma de meu irmão e fossem desvendando, ponto por ponto, toda a trama.

    Nessa época eu já não morava com meus pais, e a história dos CAT e DOG havia sido borrada na minha memória pela enxurrada de acontecimentos que compunham uma adolescência típica, um tanto rebelde, mas muito bem aproveitada. Hoje eu mal me lembraria dos fatos, caso não tivesse sido, naquela época, interrogada pela policial que transformou as descrições isoladas e pontuais que fiz dos *hobbies* do meu irmão em uma narrativa coesa e convincente. Até então eu não tinha percebido o quanto eram parecidos o trabalho de investigação e o labor da escrita. Entretanto, tendo apenas vindo à tona os detalhes que eu recordava, ao lado dos relatos colhidos pela polícia junto aos seus colegas de escola, tomou conta de mim uma espécie de culpa por não ter feito algo, assim que soube da matança dos bichos, eu que conhecia os métodos que ele utilizava para extermínio e descarte dos corpos. Levou tempo para que eu me convencesse de que era uma criança ainda muito pequena, quando da revelação que ele me fez sobre o assassinato dos bichos. Sendo assim, não poderia me sentir responsável pelo que nem bem foi uma omissão, da minha parte. Naquela época eu não tinha como imaginar a dimensão real dos acontecimentos terríveis que circundavam aquela caixa de madeirite, nem mesmo a sua gravidade ou possível desborde, no futuro. No fundo, uma parte de mim não acreditava no que ouvia, ainda que a explicação da polícia e os elementos coletados como provas do crime não deixassem dúvidas sobre a autoria do assassinato.

    A fotografia do meu irmão algemado, nas páginas policiais, durante muito tempo foi, para mim, a imagem de um outro, que não ele. Havia de ser tudo um grande engano, eu teimava, e então aquilo que ele me dissera sobre como exterminava gatos e cachorros da redondeza não seria mais que uma brincadeira de mau gosto, apenas mais uma das bravatas que os irmãos mais velhos contam aos menores para impressioná-los e manterem assim o seu pequeno poder sobre as circunstâncias comezinhas que dão forma a essa faceta indigna da vida familiar que é a relação de domínio de uns sobre os outros.

Eu apanhava o jornal que escondera de mim mesma no alto do armário e olhava, uma e outra vez, testando os ângulos, desafiando o engano e o desengano. Não podia aceitar que era meu irmão quem figurava naquelas fotografias tristes e sem cor, apesar de coloridas. Nunca mais consegui unir, na minha cabeça, aquele que era conduzido à prisão por assassinato ao outro, o rei dos carrinhos de rolimã, que recortava maquetes no isopor, o mesmo que dava à luz, dia após dia, as mais caprichadas miniaturas de caminhões feitos com latas de óleo, as rodinhas recortadas nas solas de velhas sandálias havaianas, aquele que catava sururus e caranguejos no manguezal, o mesmo que um dia encheu de lebistes coloridos a nossa caixa d'água.

Afinal, apesar de haver nos seus modos a indiferença que impossibilitava uma comunicação verdadeira entre nós, o irmão mais velho ainda era a pessoa mais próxima, depois de mamãe. E mamãe vivia sempre ocupada, agarrada aos cortes de pano que tinha de transformar em vestidos para as suas clientes ricas. O pai era calado e distante, sorumbático, mesmo quando de folga das suas escalas. Minha irmã era um capítulo à parte de ressentimento e maldade, e o caçula era aquele a quem, nas horas graves, eu mesma, por ser-lhe mais velha e a mais ligada, tinha de socorrer. Assim, apesar do aspecto gélido do irmão mais velho, de sua casmurrice e das idiossincrasias que impunha, eu inventava e nutria nele, ano após ano, por necessidade, o sóbrio conselheiro, o interlocutor ideal (de fato apenas ideal, já que ele mal e mal respondia, com muxoxos, às minhas tentativas de dialogar). Em algum canto de mim, todavia, vigorava, teimosamente, a admiração de irmã mais nova. Apesar da quase nula atenção que me dava, era com ele que eu colhia uma ou outra informação sobre as dúvidas mais aleatórias que infernizam a vida de uma criança solitária.

Talvez devido também a isso, por muitos anos guardei uma reserva, no caso da noiva assassinada. Não que eu o achasse incapaz de matar alguém, mas porque a autópsia do corpo, encontrado na praia, revelara uma morte por "envenenamento lento", e eu não podia aceitar que fosse esse o seu método. Primeiro, tentei eximi-lo da morte da moça; eu sabia (ou pensava saber) que matar cães e gatos não é a mesma coisa que matar pessoas, e que a velha história da sequência evolutiva entre graus ou tipos de crime é uma grande besteira. Mais tarde, partindo da conversa com especialistas nas áreas implicadas na investigação, passei a considerar que talvez meu irmão tivesse um modo diferente de agir para cada uma das espécies que vitimava, e criei um conjunto tão complexo de ilações que acabei mais confusa que antes. Temia que se estivesse cometendo uma injustiça contra o meu irmão, mas também temia que se deixasse impune, nele, um assassino perigoso.

Quando expus ao psiquiatra forense o que eu sabia a respeito dos métodos, ele me aconselhou a não pensar sobre o assunto. Exatamente a mesma frase que ouvi, anos depois, de um dos dois policiais brasilienses que me atenderam, quando tive a casa roubada. Nesse caso, questionei por que razão o ladrão teria levado apenas um brinco de cada par, se teria sido mais fácil e rápido virar todo o conteúdo do porta-joias numa sacola, e então fui veementemente aconselhada a "parar de pensar", porque a minha mentalidade era muito diferente da do ladrão, ou dos ladrões, que poderiam inclusive ser muitos e estarem drogados, ao entrar na casa, etcétera. Segundo o policial, eu não deveria perder tempo vasculhando possíveis meandros do pensamento de criminosos; seria um trabalho inútil e não chegaria a lugar algum.

Como era de se esperar, meu irmão não apresentava, na cadeia, problemas comportamentais, e as suas promoções eram certas, graças principalmente à grande produtividade que mostrava nos trabalhos manuais, que, naquela época, auxiliavam na remição da pena. Exatamente quatro anos após o julgamento, na mesma ocasião em que era transferido para um cárcere com menor lotação e maior segurança (fazia um ano que eu tinha resolvido não mais o visitar, e vinha cumprindo à risca a contrapena que me impunha), o caso voltou à tona devido a um problema no transporte dos detentos causado pela queda de uma barreira na rodovia, o que obrigou os policiais que lhes faziam a escolta a pernoitar com os detentos num motel de beira de estrada, até que a situação se resolvesse.

• • •

Além de nunca mais ter ido visitar o meu irmão na cadeia, eu tentava me manter fiel à ideia de não pensar, não pensar nele e sobretudo nos fatos que envolviam a morte de Araci. No momento, porém, em que o vi na tevê, uma memória súbita, de uma década antes, como que se descolou de um fundo lodoso e subiu: era uma tarde morna como tantas outras daquelas férias de julho. Pela manhã havia chovido e a água que caíra da cumeeira da casa formara em torno da varanda um pequeno riacho que então já se firmava em lago, ilhando-nos. O calor tirava das pedras uma névoa fumacenta que destorcia a imagem dos coqueiros do fundo do quintal. Ao mesmo tempo que tocávamos a nossa vida aqui por cima da terra, as suas enormes raízes invisíveis sugavam do lençol freático próximo ao mangue a água salgada que o tronco rude adocicava para nos oferecer em cocos gigantes como não havia igual nas redondezas.

Minha irmã patinava sem sandálias nas poças d'água, lambuzando as pernas brancas e lançando longe gordos respingos de lama. Enquanto minha mãe não viesse acabar com a festa, ela brincava como se fosse criança, sem vergonha, sem pretensões de adultismo. Escondido de mamãe, papai dobrava para nós inúmeros barquinhos de papel colorido, que púnhamos para navegar, até que uma gota remanescente, juntando-se a outras pelo caminho engordava e caía do teto, com toda a força, direto dentro da diminuta embarcação, levando-a ao naufrágio.

Depois do almoço, tendo estado completamente, vi quando meu irmão subiu na sua bicicleta. Desta vez, não havia nada no bagageiro. Imediatamente, me imaginei subindo ali e passeando com ele pelas ruas do bairro, aos pulos e galopes. Eu, que ainda não tinha uma bicicleta, repetidamente lhe implorava, dia após dia, por uma carona para qualquer lugar, pedido que jamais era atendido, a não ser quando nosso pai ou mamãe o obrigavam a me levar consigo, o que em geral acontecia somente nas ocasiões em que ele saía para a feira, mas então era difícil conseguir lugar no bagageiro, eu mesma declinando, muitas vezes, do pedido. Ou então quando ia fazer uma busca ou entrega de roupas para o salão de costuras, na casa de alguma freguesa, e achava mais cômodo que eu segurasse o pacote (invariavelmente leve, porém volumoso) enquanto ele dirigia. O atendimento de meu irmão a uma ordem dos nossos pais era sempre imediato e silente. Mesmo nas raras circunstâncias em que me levara consigo, ele ia e voltava sem me dirigir uma palavra, o que, aliás, era o mais comum no seu comportamento, e não só comigo.

Naquela tarde, de um modo que me surpreendeu, pedi apenas uma vez. No início, eu estava certa, ele fingia que não me via. Girava em círculos pelo terreno úmido, criando em torno de mim o desenho de uma grande roda cavada na lama, a bicicleta fazendo um barulho gostoso quando passava sobre as folhas úmidas da mangueira, algumas das quais guardavam, como disforme espelho do céu já azul de depois da chuva, uma colher de água que explodia para longe, como se lançada por uma seringa. Quase não acreditei quando, ao meu primeiro chamado, sem titubear, meu irmão se aproximou e me ajudou a embarcar no bagageiro atrás dele. Parecia ter lido os meus pensamentos.

— Temos que falar com a mamãe, ainda me lembrei de dizer.

Meu irmão olhou em volta como se procurasse por ela. Para avisar que vou sair com ele, calculei. Em seguida, com medo que a demora o fizesse desistir da generosidade, disse que esquecesse o que eu disse e saísse logo, de imediato, antes que mamãe me chamasse para entrar e tomar banho, frustrando mais essa minha tentativa de passeio.

E fomos.

No caminho, eu quis saber para onde estávamos indo. Assim como quando ele ficava concentrado no seu quarto, desenhando ou recortando isopor com uma serrinha, ali também de nada adiantava insistir numa pergunta, formulá-la de maneira diferente ou gritar com ele. Quase sempre, em circunstâncias assim, eu me irritava um pouco no começo, depois me acomodava e desistia de abordá-lo.

Seguimos então pela rua central do bairro, que ao final se encontrava com a avenida recém-asfaltada. Deixando a bifurcação para trás, apanhamos a estrada nova, lisinha, em direção ao cais de Capuaba. Após algum tempo de passeio, chegamos a um largo terreno inabitado, sem construções, por detrás de uma pedreira metade preta, metade amarela, que parecia ter sido dinamitada há pouco (nessa época, eram quase diárias as explosões de grandes pedras para extração de granito, no nosso bairro e nos bairros vizinhos, o que volta e meia causava enormes rachaduras nas casas, derrubava muros e tirava o sossego de animais, crianças e idosos, devido aos elevadíssimos decibéis de cada estouro; o irmão caçula, certa vez, chegou a cair desmaiado nos braços de mamãe, no instante de um grande estalo). Cruzamos o terreno, que funcionava como um atalho por dentro de uma área particular, e por fim chegamos ao destino escolhido por meu irmão. A vegetação, ali, era quase toda rasteira. Contava-se apenas um ou outro arbusto maior e algumas pitangueiras desfolhadas, entre os incontáveis pés de espirradeira e cacto espalhados pelo terreno arenoso que ia até onde era possível ver. Depois, eram somente o mar e o horizonte.

Meu irmão e eu saltamos da bicicleta, que ele encostou à sombra de uma pedra, enquanto eu quase levitava de contentamento, olhando em volta, feliz com a surpresa, encantada com a visão nova, a faixa de areia dourada, o mar manso batendo e, por cima, aberto à vista em toda a sua imensidão, o céu azul vibrante de meados de julho. Apesar de ter ouvido sempre alguém citar a famosa Prainha, eu jamais imaginara que tanta luz e liberdade habitassem ali, tão perto da nossa casa.

Lá, onde vivíamos, apesar de o mar se exibir na mesma dança diária, a visão da sua imensidade era sufocada pelo denso manguezal, cujo mormaço meu pai venceu construindo um estreito píer de cimento e pedra que transpassava toda a área das rizóforas, chegando até onde o vento gelado vinha lhe refrescar os cochilos silenciosos das tardes de folga, que ele curtia deitado numa pequena esteira de faquir estendida no centro de uma construção levíssima que ele mesmo ergueu sobre a ilhota artificial com que encerrara o seu caminho de pedra por dentro da água. Os vizinhos acharam graça, "o alemão é doido mesmo", disseram (por ali, naquele tempo, todo homem branco era chamado de alemão); ninguém acreditava que aquele projeto tivesse futuro, e de fato não se sabe que técnicas meu pai teria usado para que a água, que tudo vence, tivesse permitido a introdução de tanto cimento e pedra no meio do mangue sem simplesmente derrubar o píer.

Na Prainha, meu irmão e eu caminhamos pela areia morna por alguns minutos. Diferente do mangue que cobria os fundos do nosso quintal, cuja lama era preta e movediça, ali o mar se mostrava límpido. A água translúcida, em ondas baixas, vinha remexer a areia grossa, repleta de caracóis e ostras muito pequenas, de incontáveis cores e formatos, que eu comecei a catar assim que os vi, enchendo os bolsos do macacãozinho azul. Tudo me encantava: o clima, a vista, o contato dos pés com a água, as conchinhas de formatos deslumbrantes. E a beleza de dois pássaros que se aproximaram de repente, num sobrevoo às nossas cabeças. Se estivesse sozinha, eu certamente teria conversado com cada um daqueles elementos, como fazia a cada vez que conseguia me esconder sozinha no fundo do quintal. Mas o mais importante de tudo era que eu de repente me sentia como alguém que merecia, enfim, a atenção do irmão mais velho. Afinal, depois de inúmeras tentativas, ele havia me escutado e atendido a um pedido meu – e desta vez sem nenhuma insistência da minha parte.

Não muito longe, ao lado direito da pequena praia, depois de uma fila de coqueiros anões delimitada por duas castanheiras gigantes que projetavam as suas sombras até bem perto do mar, podíamos ver os muros altos e brancos do Batalhão de Infantaria, que até então eu conhecia apenas por uma fotografia em preto e branco feita pelo pai quando jovem, e que, de fato, mesmo estando ali na Prainha, eu continuaria a não conhecer por um bom tempo, já que, do ângulo de que dispúnhamos, eu e meu irmão, era impossível distinguir com detalhes o conjunto de edificações que o formava, ficando visíveis, para nós, apenas o muro da instituição e a sua sombra, projetada na areia. De todo modo, eu não sabia mesmo o que aquilo significava. Ao ouvir-lhe o nome, pensava apenas em soldados e armas, mas nunca os tinha visto nas ruas, a não ser nos desfiles de sete de setembro, que meu pai nos levava para assistir portando bandeirinhas do Brasil, como ao grande evento do ano, e que me enchiam de tédio e sensação de inutilidade.

Na Prainha, notei que meu irmão aproveitava muito pouco do nosso passeio. Visivelmente preocupado, duas vezes seguidas foi até a bicicleta e voltou, andando rápido, com passadas duras. Primeiro trouxe um pedaço de corda, depois, a sua chave de fendas, que retirou de um estojo de lata acoplado ao bagageiro. Olhava para mim, olhava em volta, olhava de novo para mim. Imaginei que tivesse se arrependido de ter vindo, já que saímos sem avisar a ninguém, o que era completamente proibido, além de inusual para uma criança como eu. No entanto eu tinha consciência de que o irmão, na sua relativa independência de adolescente, já havia conquistado o direito de sair sozinho de bicicleta, muitas vezes sem sequer estar obedecendo a qualquer ordem do nosso pai ou de mamãe.

Eu, do meu lado, aproveitava bem mais, deitada de bruços na areia para selecionar lindas conchas brancas e amarelas, em formato de mão, e outras que imitavam um pequeno vulcão ou um sol, além dos prolíficos caracóis cor de rosa e cinza, já inabitados, alguns, no entanto guardando ainda o cheiro de amônia que denunciava a sua originária organicidade – uma vida havia habitado ali até bem pouco tempo. Os mais úmidos, lodosos, e os que aparentavam ter dentro de si algum resto de polpa, eram sumamente rejeitados. A abundância de pequenos tesouros era tamanha que, ao contrário de como eu agia nas poucas vezes em que fui levada a praias maiores, a minha seleção, ali na Prainha, podia ser bastante criteriosa, e eu escolhia apenas os mais bonitos e lustrosos, entre os intactos. Quaisquer marcas de um desgaste maior ou uma mínima quebradura na casca eram suficiente para que o achado fosse devolvido sem dó ao mar.

Chamei meu irmão para catar comigo as ostras, mas vi que não conseguia se concentrar em nada. Reclamei um pouco por ter molhado a minha roupa, ao deitar-me junto ao mar, reclamei de sede e de que a bicicleta tivesse ficado tão longe. Era como se falasse com os meus botões. Para poder recolher um número maior de conchas, procurei por uma sacola ou copinho de plástico, itens que sobejavam em qualquer praia, em meados da década de setenta. Ali, porém, nada se achava. Era uma orla limpíssima, como eu nunca tinha visto antes. Não se encontrava na areia um canudo, um saquinho de chupe-chupe, nada, nenhum rastro da presença humana.

Por força do hábito, insisti, tentando chamar o meu irmão à atenção, mas nada era capaz de retirá-lo daquela espécie de transe que eu bem conhecia, e que parecia ter se intensificado desde que chegamos à praia. De repente ele se agachou, apanhou as minhas sandálias, que eu havia posto ao meu lado, e jogou-as, uma a uma, bem longe, no mar. Por um instante, enquanto ele esticava o braço, primeiro apenas ameaçando lançá-las, achei que estivesse blefando. Depois senti muita raiva, seguida de medo. Ao impulso violento, que fez com que o seu corpo rodopiasse sobre o próprio eixo, as sandálias rodaram no ar feito pequenas hélices de borracha, antes de caírem bem longe. Ao constatar que não se tratava de um fingimento brincalhão, desesperei-me, chorei e gritei. Ele, sério, impassível, com um olhar assombroso fixo em mim, respondeu apenas que "tudo que se joga no mar, retorna".

Considerando as coisas do ângulo das minhas parcas experiências, avaliei que ele não mentia e tentei me acalmar. Eu queria muito acreditar que elas em breve retornariam à praia. Naquele momento, o que eu mais temia era que não tivéssemos tempo suficiente para esperar que as ondas trouxessem de volta as minhas sandalinhas azuis, companheiras de anos. Durante um bom tempo acompanhei-as com os olhos, desolada: boiaram sobre marolas pequenas, subindo e descendo sutilmente, até que se perderam no brilho prateado daquela tarde de inverno, que poderia ter sido bonita, mas que foi para sempre destruída pelas atitudes disparatadas do meu irmão.

Inconsolável, chorei ainda um tanto, agachada na areia. Na falta de quem me ouvisse, tive pena de mim, e não gostei do que senti. Então comecei a berrar alto, para espantar a minha humilhante solidão: gritei que mamãe brigaria comigo, que eu contaria a ela que foi ele quem lançou longe os meus chinelinhos... Meu irmão gargalhou, debochando do diminutivo – ele às vezes ria assim do meu modo de falar, risadas petulantes e debochadas, que irritavam. Na sequência me ameaçou, erguendo no ar, acima da minha cabeça, a chave de fenda. Um arrepio de medo percorreu-me o corpo. Subitamente deprimida, engolindo temporariamente o choro e os gritos, prostrei-me, tomada por um turbilhão de sentimentos completamente novos. No fundo eu estava mais triste pelo modo como meu irmão aniquilara o nosso passeio que pela perda das sandálias.

Lancei na areia as conchas que ainda trazia nas mãos e comecei a caminhar na direção da bicicleta. Sentia os passos dele vindo no meu encalço. Cheguei a ver a sua sombra magra avançando sobre a minha, no chão, com a corda rijamente esticada acima da cabeça pelos braços nervosos. O som ácido dos grãos de areia sendo friccionados sob os nossos pés ainda hoje me vem à memória. Passei a andar mais e mais rápido e, quando notei, já corria feito um animal acossado, enquanto ele me seguia de perto, desvairado, com ares de louco. Num dado momento eu quase senti o toque da sua mão gélida na minha nuca. Fui sendo empurrada por aquela mistura de medo e ódio. Eu chorava, eu gritava, eu berrava, eu exigia que ele me levasse embora dali.

— Agora! Já! Imediatamente! Imediatamente, eu comecei a repetir de modo histérico, sem saber ao certo por que o fazia. Até então eu nunca havia usado uma palavra com tantas sílabas. O nosso vocabulário, em casa, era módico, e na escola falávamos pouco. De algum modo, eu pressentia que uma vontade firme e uma postura segura eram necessárias, e eu mesma o exigia, arrancava-o a fórceps de dentro da criança quieta e inibida que eu sempre fui. Devo ter intuído que mostrar diante dele o domínio de uma palavra comprida me elevasse, magicamente, a uma condição menos infantil e, quem sabe, mais respeitável.

Bem no meio da nossa corrida frenética de volta à pedra onde estava a bicicleta, meu irmão recuou. Num átimo, seus modos se transformaram por completo. Correu ainda mais rápido, dando sobre si mesmo diversos rodopios assustadores. Ultrapassando-me, perfilou-se diante de mim, dobrando uma das pernas na frente da outra, feito uma garça. Gelei dos pés à cabeça, temi que me matasse. Ele jogou a corda no chão e, numa voz estranhamente controlada, disse que era tudo brincadeira, que mamãe não podia saber de nada, que ele iria comprar um outro par de sandálias, mais bonito que aquele, para mim.

Enquanto eu o seguia com meu olhar atordoado, retornou à orla para buscar a chave de fenda. Meus braços tremiam, incontroláveis. Eu não acreditava em nada do que ele dissera, mas não me restava outra opção a não ser fingir que acreditava e esperar que ele me levasse embora para casa. O sol começava, aos poucos, a ceder no seu mormaço pós-chuva. Foi quando me dei conta de que já estávamos fora de casa há muito tempo. A tarde caía rapidamente. Mamãe devia estar preocupada.

Ele mediu meus gestos de longe, ainda uma vez, com aquele olhar enigmático que eu não conseguia situar no campo estreito dos meus afetos de criança. Mas agora eu sabia que ali estava o meu algoz, longe do território seguro da nossa casa, e que eu, desgraçadamente, dependia dele. Passou por mim, caminhou até a bicicleta, subiu nela e pedalou por um bom pedaço, gritando nomes feios, ameaçando me deixar ali sozinha.

Gritei, corri atrás umas centenas de metros, o coração querendo saltar do peito, numa mistura de medo e náusea. Ele fazia largos círculos na terra úmida, em torno da pedra. Quando bem quis (fez questão de deixar isso claro com gestos e palavras), ele parou, olhou-me nos olhos feito um autômato e abriu aquele mesmo sorriso que eu voltaria a ver, tempos depois, por detrás de mamãe, quando desfaleci de pavor diante da narrativa da matança dos bichos.

Por fim subi no bagageiro, o queixo tremendo, a coluna rígida feito uma boneca de supermercado. Ao sentar-me nos frios tubos de ferro, senti as pernas lívidas, como se não tivessem mais sangue. Nada vi, no caminho até em casa: nem o céu, nem a estrada, as casas ou a ponte. Meu irmão parecia pedalar muito mais lentamente, agora, mas podia ser apenas impressão. Por dentro, o caos era ainda maior: eu tinha tonturas, eu sentia nojo.

Ele seguiu em silêncio por quase todo o percurso. Apenas uma ou duas vezes virou o rosto na minha direção e soltou, por entre os dentes:

— Se mamãe souber de alguma coisa, eu te mato.

Nunca mais saí com meu irmão para lugar algum. Nunca mais entrei no seu quarto, a não ser quando tinha certeza de que ele não estava em casa, e apenas para limpar o chão ou recolher alguma roupa suja, que era esse o meu encargo desde sempre; depois, saía dali o mais rápido possível. À mesa, durante as refeições, eu evitava me sentar ao seu lado.

Ninguém desconfiou do ocorrido na praia, porque ele sempre foi mesmo muito calado, e, além do mais, eu já intuía que de nada adiantaria falar: crianças da minha idade naturalmente não tinham voz. Aos poucos comecei, se não a esquecer o acontecido, a imputá-lo, antes que a meu irmão e a sua vontade, a uma espécie de governo geral das coisas, como se a perversidade fosse apenas e tão somente uma questão de poder: era mau quem podia sê-lo; quem não podia, sofria calado as consequências da sua fraqueza.

Antes, porém, do passeio macabro na Prainha, havia em mim uma espécie de carência, um impulso que, a despeito da sua frieza, me empurrava para perto do irmão maior; eu desejava a sua companhia, ainda que ele jamais retribuísse com qualquer gesto de afeto. Depois, os fatos me forçaram a tentar vê-lo como ele era. Mas quem ele realmente era? Eu jamais saberia por completo. Como condição de sobrevivência sob o mesmo teto, passei a desconsiderar as suas piores ações, apaguei-as, elas simplesmente não tinham existido.

• • •

Uma garrafa vazia de água sanitária era encaixada na ponta de um cabo de vassoura e, então, incendiada com um palito de fósforo. O fogo ia se espalhando aos poucos, mas de um modo violento. A dois palmos de distância podia-se sentir o calor. Era assim que meu irmão se divertia nas tardes de ócio, matando formigas e feias lagartas de coqueiro, pingando-lhes em cima o plástico verde incandescente. Guiava a vara pelo quintal com o gesto de quem empunha uma metralhadora e direcionava a ponta, o mais alto possível, sobre os pequenos alvos lá embaixo. A sequência de grandes gotas em combustão, ao rasgar o ar frio, produzia um barulho de bombardeio em miniatura. Meu irmão se excitava com o efeito sonoro, mas mantinha distância da fumaça e cuidava para não pisar a massa derretida, que ia formando inúmeros pequenos lagos de lava verde-prata, antes de esfriar e endurecer em moedas lisas e sem valor, mortas sobre a terra morta. Os insetos que tivessem o azar de estar ao lado e não no exato lugar onde caíam as gotas daquele magma caseiro experimentavam a agonia de uma morte ainda mais lenta e dolorosa que a das vítimas instantâneas. Estas morriam num átimo, antes mesmo de entrarem em contato com a carga que lhes vinha sobre as cabeças; aquelas agonizavam lentamente, contorcendo os membros com trejeitos dramáticos.

Em breve a mesma pena começaria a ser aplicada aos caranguejos filhotes, que faziam seus buracos de dupla entrada na orla do manguezal.

Mas mesmo isso eu só lembrei muito tempo depois...

Uma vez, estando nós dois sozinhos em casa, eu tinha acabado de pôr a mesa para almoçarmos, do jeito que mamãe pediu que fizesse, antes de sair. Meu irmão se sentou e começou a mastigar com uma força excessiva, e trazia uma das mãos estranhamente escondida sob a mesa. Súbito, como se viesse do nada, mas provavelmente provocada pela disposição dos pratos na mesa, ou pelo odor da comida que eu mesma havia preparado, ou pelo barulho da sua mastigação, a memória me conduziu para um momento anterior em que, após um almoço parecido com aquele, ele me chamou até um canto da casa (eu devia ter uns cinco anos), abriu a mão e me mostrou um doce que há muito tempo eu queria provar. Conhecendo já a sua nula disposição para a partilha, estranhei que me oferecesse tão facilmente, na palma da mão, o seu coração de abóbora. Mesmo assim, tomada por uma esperança idiota, ergui a mão para recebê-lo. Foi quando meu irmão abriu o zíper e disse que me daria o doce, mas só se eu fizesse como ele e mostrasse a minha intimidade. Eu tinha de levantar a minha saia e baixar a calcinha.

— Se você me mostrar a xoxota, eu te dou este doce.

O desfecho da cena apagou-se da minha memória, deixando uma impressão dúbia: por um lado, creio que não aceitei a proposta indecente, portanto continuei sem o doce, assustada e emburrada. Nesse caso, ele o teria devorado inteiro, fazendo pose diante de mim. Mas também posso ter saído daquele mutismo de presa correndo em direção ao quintal e ameaçando contar tudo a mamãe. Devo ter gritado inutilmente por socorro, já que ele não faria tal proposta num momento em que um adulto estivesse em casa. Ainda posso ter conseguido, mesmo com a boca coberta pela sua mão ossuda e mal cheirosa, que ele me entregasse o doce já amassado, ambos com a respiração ofegante – a minha, devida aos dois dedos que ele fazia escorregar repetidamente da minha boca até o nariz, controlando, ao seu bel-prazer, a passagem do ar.

· · ·

Meu pai era um homem de poucas palavras. Passávamos semanas inteiras sem ouvir a sua voz. Mesmo na sua quase completa mudez, porém, era a voz dele que estava por detrás de cada ação de mamãe e nossa, como também de cada ato que evitávamos cometer – na sua presença ou na sua ausência. Quando o pai dormia, cessavam todas as conversas e brincadeiras, ninguém fazia barulho, para que ele não acordasse irritado, afinal, durante muito tempo trabalhou à noite, e os dias eram feitos para o seu descanso e nada mais. Meu pai inclusive não lidava bem com o conflito. Qualquer confronto, com ele, também era mudo. Intuitivamente, tínhamos muito medo da energia represada que ele poderia investir na resolução de uma desavença entre nós, por exemplo, ou numa briga sua com mamãe ou com algum dos vizinhos. Pela mesma razão, mamãe tentava resolver, ela própria, todas as pendências que podia, evitando aborrecer o marido desnecessariamente. Talvez por isso corresse, excessiva e injusta, a sua fama de nervosa. Provavelmente devido à mesma sobrecarga, era vasto o histórico de desavenças dela com os conhecidos e parentes. Para coroar com uma azeitona estragada a sua torta já azeda, nós, as crianças, vez ou outra deixávamos escapar em casa notícias de agressões que tínhamos sofrido na escola e às quais nunca respondíamos à altura, correndo o risco de que o pai nos expusesse a situações ainda mais vexatórias que a humilhação originária.

Aconteceu com o irmão caçula, que, segundo se soube, vinha sofrendo *bullying* desde o seu ingresso na escola primária. Um dia, quando o fim da paciência de mamãe minou de vez a sua habilidade para esconder o caso de meu pai, ela levou enfim ao seu conhecimento que o segundo filho dileto vinha recebendo pontapés e safanões, dia após dia, na hora do recreio e em todas as outras oportunidades que tinha o colega, fora da sala de aula, para se aproximar dele. Logo em seguida ao desabafo, mamãe temeu que o marido fosse tirar satisfações com as professoras e funcionárias, muitas delas suas clientes no salão de costuras. Ou então que procurasse diretamente os pais da criança agressora, ampliando o conflito de modo perigoso. Mas aí já era tarde.

Naquele dia, ele impediu que minha irmã buscasse o irmãozinho na escola, indo ele mesmo fazê-lo, coisa que nunca acontecia. Todos estranhamos. Mamãe imaginou uma cena entre ele e a diretora, porque meu pai falava pouco, mas, em compensação, era capaz de um berro gutural raríssimo, primitivo, audível a quilômetros de distância e capaz, segundo ela mesma dizia, de mover os objetos mais próximos.

Todas as hipóteses estavam erradas. Meu pai não se dirigiu aos pais, muito menos aos funcionários da escola. Ele foi direto à criança. Ficou de tocaia ao lado de fora do portão de ferro e, assim que a cabecinha loura do meu irmão despontou entre as demais, procurando pela irmã que o buscava diariamente, meu pai se aproximou sorrateiro, por detrás das moitas de colonião. No mesmo instante, um garoto magro de pernas compridas, dois palmos de altura a mais que o meu irmão, se acercou dele com o gesto automático de quem está acostumado a fazer todos os dias a mesma coisa, provocando-o com tabefes na nuca e cuspindo uma série de sinônimos para "maricas" sobre a face do meu irmão, que engolia a seco, magoado, prestes a estourar num choro, mas guardando todas as reações.

Cada pescoção que o garoto aplicava no meu irmão caía sobre meu pai como se o pequeno fosse o seu vodu; cada ofensa lançada sobre o filho era uma afronta dobrada ao pai, que pulou entre meu irmão e o menino com uma carranca assustadora e os dentes à mostra como os de uma onça em plena caça. O garoto emudeceu num átimo e quase caiu para trás. Ainda olhou em volta como quem pede ajuda, mas a saída da escola era um fenômeno de curta duração. A essa hora, as crianças daquela faixa etária já iam longe, puxadas pelas mãos dos seus parentes. Afastada a multidão, o porteiro entrou e trancou o portão atrás de si, enquanto meu pai procurava nos arredores, com os olhos cegos de ira, o responsável pelo garoto com cara de demônio que infernizava a vida do meu irmãozinho. Não havia ninguém pelo menino, ele não tinha defensores, nem mesmo torcida, e a expressão no seu rosto já era de franco pavor, enquanto as pernas finas tremiam visivelmente. Mas meu pai não reparou nesse detalhe, porque não estava ali para brincadeiras. Deu início, sem demora, à versão mais simples do seu plano:

— Chega aqui, falou alto para o menino, que já ia passando sebo nas canelas, mas sem conseguir forças para se mover um centímetro, lívido feito uma folha de papel, inerte como num pesadelo.

— Eu não, respondeu o menino, com a voz meio estrangulada.

— Vem aqui, insistiu meu pai, num tom mais alto. Vem aqui, senão eu te pego.

O menino chegou perto choramingando, a cabeça enfiada no peito. Uma mistura de vergonha e arrependimento se abatia sobre ele a cada passo que desenhava na poeira, na direção de meu pai:

— Desculpa, seu... Desculpa.

— Desculpa nada, gritou meu pai, fazendo com que meu irmão arregalasse incrivelmente os seus olhinhos, em choque. — Mete a porrada nele, ordenou a meu irmão, que, paralisado diante do algoz e naturalmente avesso à violência, não fazia ideia de como obedecer àquele mandado de meu pai. Espremido entre o medo do menino e o medo do pai, não conseguia mexer um dedo. Pela sua cabeça pequena cruzaram-se rapidamente as cenas das diversas consequências que poderiam advir tanto de ele agir, como de não agir segundo as ordens recebidas. Mas não teve muito tempo para pensar. Meu pai já o apanhava no colo e, usando os seus pequenos membros de boneco bobo como se dele fossem, esbofeteou o menino inúmeras vezes, e com força crescente, de modo que os braços do meu irmão saíram moídos daquela sessão de porradas involuntárias; era como se ele mesmo houvesse apanhado – e muito. O menino não deu um pio, manteve os olhos fechados por cima de uma boca horrivelmente arreganhada numa carantonha, quase desmaiado de pavor. Meu irmão temeu que futuramente ele se vingasse, ou que o pai do menino viesse a matá-lo, ou ao nosso pai. Durante muito tempo, dormiu com seus fantasmas multiplicados. A ida à escola era o seu inferno particular. Mas o menino nunca mais se aproximou dele, até que um dia, não muito distante, simplesmente deixou de frequentar a escola.

• • •

Enquanto isso, nos fundos do Colégio Marista, que ficava a uma rua da capela, funcionavam um pequeno Pronto Socorro e a ampla cozinha, de onde saiu, direto para os armazéns de secos e molhados dos bairros vizinhos, uma das mais tristes anedotas que aquele conglomerado religioso já produziu.

Um padre muito jovem e querido, responsável, desde a sua chegada como seminarista, pela produção das hóstias distribuídas durante as missas, há um ano havia sido autorizado a aproveitar os restos da fina massa para produzir uns biscoitos japoneses muito leves, em formato de meia lua, que deveriam conter papeizinhos com mensagens edificantes. Ao que tudo indica, a ninguém, dentro ou fora do seminário, estranhava que os biscoitos do padre, contrariando a receita original na massa e na mensagem, levassem antes versículos da

Bíblia, cuidadosamente escolhidos, datilografados em papel colorido e recortados em estreitas tiras, um a um, pelo confeiteiro das almas, que os inseria no interior da massa antes que esfriasse, sem jamais ter falhado, conforme consta, em um biscoito sequer. Ainda que propagando por esse meio a fé cristã, o padre Paul, alegre e bonito, era constantemente acusado de budismo mal disfarçado por um dos membros mais antigos da congregação, com o qual em pouco tempo conseguiu desenvolver profunda inimizade, situação que contrariava e desgostava a sua índole afetuosa e aberta. Os pacotinhos de papel pardo com os biscoitos já frios eram lindamente ornados com fitas de seda grená e depois distribuídos para os armazéns, de bicicleta, por dois estudantes bolsistas da parcela não confessional da escola, que espalhavam assim, pelos arredores, as cores da instituição.

No terceiro ano após a tonsura e quando alcançara enfim a mestria no fabrico dos *omikuji*, padre Paul foi diagnosticado com uma doença de pele que confundia os médicos e pesquisadores, inclusive alguns de fora do país. O seu humor tão admirado demudara-se radicalmente, mediante os tratamentos desgastantes a que fora submetido, tornando-o irreconhecível aos olhos de seus velhos companheiros de seminário. Foi assim que, involuntariamente, inoculou uma gota de culpa no coração do velho padre que o odiava e, diziam as línguas, secretamente o desejava.

Mas o padre Paul não abandonou a sua produção de biscoitos e hóstias; a não ser nos períodos em que se ausentava do seminário para tratamento, quando era acompanhado por sua mãe, uma senhora rica, bem educada e especialmente devotada no seu amor pelo filho. Desde então, por entre citações de Mateus, Lucas e João, era comum encontrar-se, dentro dos biscoitos, um ou outro papelzinho com o dizer "É câncer! Paul 15: 20-37", sem economia do ponto de exclamação e trazendo a assinatura, seguida da data e da hora (ou de números sorteados ao acaso, houve controvérsia), para imitar o formato das referências a capítulo e versículos bíblicos. Na falta de um diagnóstico exato, o religioso lançava o seu grito ao mundo, disseminando, de modo irónico, a sua verdade – ou o temor de haver-se com ela. Acostumado, na prática, a produzir e, na teoria, a dividir o pão, ele compartilhava agora, no biscoito, a sua sina, sem imaginar, talvez, o choque que causaria naquelas criaturas crédulas de uma crença ou de outra, que muitas vezes recorriam ao acaso lançado nas pequenas faixas de papel como se a um oráculo, esperando, com a mente cativa e a alma de joelhos, pela verdade una e última do seu próprio destino sobre a terra. Quantos, entre esses, leitores do Horóscopo do Dia, sarcasticamente ladeado pelas Notas de Falecimento na última página dos jornais, não lançavam fora o fino biscoito do padre para ir saciar no seu miolo oco apenas e tão-somente a sua fome de um fabuloso fado ou a fantasia de uma faina sem fim?

• • •

Entre todos os parentes com os quais convivi ao longo da infância, o avô paterno era a criatura mais misteriosa e fascinante. Seus olhos, de um azul vibrante, eram grandes e bonitos, mas tinham um não-sei-quê de abismo, uma profundidade que metia medo; para mim, aquilo era um mar. O preconceito, todavia, era quase palpável nas suas grandes mãos amarelas e fugidias. A propalada insensibilidade aos desejos e necessidades dos filhos e netos tinha sido, todos sabiam, a causa de meus pais terem migrado para a capital logo depois da cerimónia de casamento, um evento frugal e sem festa, realizado na capelinha branca da aldeia, naquela época chamada ainda Património do Ouro, nome que seria mudado, tempos depois, para Cinquenta e Um.

Como quem monta um quebra-cabeças, eu tentava unir numa só personagem o fazendeiro rico que os lavradores odiavam, o velho inteligente e interessado, que ordenava que lêssemos em voz alta para ele, enquanto trabalhava nos seus enxertos com mudas de laranja e limão, o homem curioso que guardava livros com descrições de doenças e indicações de medicamentos, o pai severo que deixara o filho ir-se sem nenhum apoio financeiro, o racista cruel que desprezava netos e noras devido à cor da pele. O mesmo que, mais tarde, após a morte da nona, rechaçaria a enfermeira negra, preferindo sofrer sozinho as agruras de uma doença longa e dolorosa, nos períodos em que nenhum dos filhos podia mais acompanhá-lo, uns devido à rotina do trabalho, outros pelo ressentimento, mobilizado como resposta aos inúmeros descuidos e ações vis que o velho havia praticado contra eles ao longo da vida.

Conta-se que, quando jovem, na fazenda do pai, o jovem avô de cima (como o chamariam, nessa época?) castrava os animais sem qualquer tipo de analgesia, e que uma vez chegou a arrancar com os próprios dentes a orelha de uma montaria mais teimosa, que não obedecia aos comandos. Quando ainda possuía o vigor da mocidade, estado que se prolongou para além da madureza, uma semana ao seu lado era um aprendizado sem comparação: o avô conhecia as estações do ano em suas peculiaridades, administrava com desembaraço o plantio e a colheita, manejava grãos, cuidava pessoalmente de árvores e bichos. Podava, enxertava, castrava, ferrava, punha os animais para cruzar, ajudava a parir, matava e cozia, ou vendia. Sua fazenda era plenamente autônoma, em se tratando de proteína animal. Possuía um curtume, fornecia leite para o laticínio e a queijeira locais, tempos depois unidos numa só e exitosa cooperativa de exportação. Criava peixes e cogumelos e retirava da terra o melhor café da região. Além de tudo, cultivava cana suficiente para o açúcar e a cachaça. De manhã à noite, consertava, ele mesmo, cercas e porteiras, telhados e pisos. Talhava à mão instrumentos de madeira, fabricava lamparinas e moinhos. Nas horas de descanso, tecia cestas e peneiras de palha, chamadas indistintamente de urupemas, e, o que mais nos encantava, sabia fazer pipas de pano, carrinhos de rolimã e lindas bonecas de espiga de milho. Quando os meninos resolviam pescar, não havendo anzóis, forjava-os nos alfinetes da nona. Para ele, tudo isso era rápido e fácil, parecia mágica.

Uma pequena parte das suas habilidades foi herdada pelo meu pai. Talvez devido à escassez de tempo e materiais, ou para se afastar, ainda que inconscientemente, da angústia da influência e da lembrança do pai mau, o filho foi, com o tempo, especializando-se em trabalhos manuais um tanto mais delicados e de resultados frágeis, por vezes pouco duradouros e quase sempre de procedência oriental, como o *origami* e o *ikebana*. Até hoje paira incógnita a fonte dos conhecimentos que meu pai possuía desses traços de culturas orientais. Eram o seu *hobby* nos momentos de folga, quando se livrava do trabalho enfadonho que era ter de passar dez horas empilhando minério de ferro em enormes montanhas cuja superfície o vento sul vindo da praia varria para o pátio da mineradora e dali direto para dentro das casas e pulmões.

Foram os tempos em que trabalhara na Vale do Rio Doce, de onde, além de pequenos pacotes com pão, queijo e maçã, lanche que deixava de comer para entregar aos filhos, levava também gordas gotas de mercúrio brilhante, escondidas dentro da tampa de uma caneta Bic (naquela época, a tampinha ainda não possuía um orifício de segurança contra sufocamento), com as quais brincávamos em casa. O poderoso agente cancerígeno era posto por nós sobre as pálpebras fechadas, as axilas e o umbigo. Disputávamos para ver quem sustinha o estranho líquido denso e prateado por mais tempo na palma da mão, até que um vacilo qualquer o derrubava, ele se dividia no impacto com o piso e se espalhava em gotas de variadas dimensões, porém sempre perfeitamente redondas, impossíveis de serem recolhidas de volta.

Ao chegar do trabalho, meu pai estava sempre cansado e irritadiço, não suportava barulho e dormia durante quase todo o tempo da sua folga. Quando não estava dormindo, estava montando, desmontando e remontando o seu *ikebana*, numa tarefa solitária e silenciosa que chegava a lhe tomar horas. Eu nunca soube ao certo se minha mãe lhe aprovava o *hobby*, mas me pareceu que meu pai se revoltou ao saber que ela teria levado até lá na roça a notícia de que, com as flores colhidas no jardim da frente da casa, ele fazia arranjos em um delicado vaso de louça de bordas rasas, e que em questão de dias desfazia toda a arrumação para em seguida refazê-la, inserindo na nova versão variações quase imperceptíveis.

Deve ter soado como verdadeira afronta, para o meu avô, saber o filho metido com buquês de flores e bichinhos de papel, mesmo que ele próprio, o avô, aproveitasse a presença dos netos, nas férias, como desculpa para confeccionar lindas pipas bem acabadas e bonecas de palha repletas de detalhes. Mas ao filho ele não perdoaria um tamanho desvio das tarefas úteis e másculas. Ainda mais que com nada daquilo se ganhava dinheiro.

Quantas vezes presenciamos a impaciência do velho, na fazenda, com funcionários lentos, ou então muito risonhos, ou, como ele mesmo dizia, os "de mão mole". Aquele que se enquadrasse em qualquer uma dessas categorias, todos sabiam, teria vida curta nos seus domínios. Por isso, o avô jamais encontrava um trabalhador que correspondesse às suas expectativas: eram todos inaptos ou preguiçosos. Isso quando não faziam "trabalho de preto", por mais brancos que fossem.

— Esses, quando não defecam na entrada, defecam na saída, dizia alto, enganchando no fim da frase, com seus dentes perfeitos, um sorriso desgraçadamente bonito de quem se diverte com a própria perspicácia, gesto que meu irmão secundava imediatamente, com a graça diminuta que tem toda emulação. Além de que o deboche e o cinismo jamais caem bem em crianças.

Enquanto exercitava, nas conversas conosco, o paradoxo de um discurso de estilo sucinto, mas entremeado de risadas exuberantes, o velho costumava ir descascando cana ou uma baciada de laranjas, que cortava em pequenos cubos e lançava num tacho de esmalte posto no chão da varanda, de onde nos servíamos diretamente, com mãos nem sempre limpas. Se estivéssemos em um grupo grande, de mais de três ou quatro crianças, o nosso desafio era não deixar que o tacho se enchesse. Como o avô mesmo dizia, o negócio era evitar que "a velhice" nos vencesse.

Estando próximos dele, a ideia de competição pairava sempre no ar. Era comum disputarmos qual de nós lia com maior fluência, quem corria mais rápido da varanda até a entrada do pomar, a que chamavam horta, e a mais detestada por mim, entre todas as disputas detestadas: qual das crianças era capaz de ir até bem perto da nona, puxar da sua cabeça o lenço branco e sair correndo com ele de volta até o avô, que, sabíamos, rebentaria em altas casquinadas. Por meio de uma pedagogia profunda e duradoura, aprendíamos com ele que a nona nem bem era gente. Diante dela, titubeávamos entre sustentar um resto de respeito, que afinal tínhamos de manter perante os adultos, e aquela indiferença que nos toma frente aos pequenos animais domésticos que circulam ao nosso redor, ou aos insetos lentos, os quais não nos custa esmagar com a ponta do pé, sem um rastro sequer de remorso. Mas não éramos nós que dizíamos; era um adulto, e seu marido, quem nos declarava, sem necessitar de palavras: a nona era menos que um animal. Lavava, limpava, cozia e benzia, mas nenhum dos netos sabia nada sobre o seu passado. A consideração por ela não ia além da que se tinha por qualquer dos objetos que compunham a mobília da casa. Movia-se todo o tempo entre a cozinha e o quintal, numa postura deprimida, e raramente desenhava no ar um gesto alegre ou mais expansivo. Quando falava, era por meio de muxoxos, sempre cabisbaixa, insegura e publicamente desautorizada pelo avô. Eu mesma não me lembro de, jamais, tê-la visto sorrir, única exceção talvez para o último momento, no hospital, quando a acompanhávamos, eu e minha irmã.

    A sua culinária, tanto nos métodos quanto nos resultados, era reconhecidamente rústica, porém saborosíssima: o frango, morto por torção do pescoço, era escaldado, depenado, tostado e escanhoado antes que ela o eviscerasse, lavasse e cortasse, a golpes de machadinha, em grandes pedaços que eram postos diretamente no tacho untado e já aquecido, sobre as trempes do fogão a lenha. Nesse tempo ainda não se usava, no Património do Ouro, óleo de soja; toda a comida era preparada com a banha de porco reservada desde o último abate, e que tinha de durar até o abate seguinte. Depois de uma rápida moqueada, a nona ia juntando à carne longos ramos de salsa crespa, quebrados ao meio com a mão. O alho e a cebola branca (a depender do clima, nem sempre havia cebola à disposição) eram colocados quase inteiros, por vezes com casca e tudo, ao lado dos pedaços de frango. Por cima, jogava um punhado de sal, uma colher de colorau e, se necessário, um pouco mais de banha. E água. Depois, era deixar o fogo crescer e, algum tempo antes de o cozimento estar completo, afastar a brasa e empurrar a panela para o último orifício da trempe, o menor dos cinco círculos, próximo já do cano da chaminé, onde o cozimento se completava sem o risco de queimar o tempero e evitando que a carne agarrasse no fundo. A comida feita no fogão a lenha, se bem manejadas as panelas, permanecia quente por muitas horas. Cozinheiras experientes trabalhavam sempre com fartura de caldo, para que o alimento não ressecasse durante o processo. Afastada a panela com o frango, era a vez de a polenta assumir o lugar central, onde, mesmo quando já um tanto amainada, a chama era sempre maior. A água era posta a ferver e, curiosamente, o fubá só era misturado a ela quando já se levantava a fervura. Nunca compreendi a recalcitrância nessa técnica injustificável: se o fubá fosse desmanchado na água ainda fria ou apenas morna não seria necessário tanto esforço na luta com a esteca de madeira para desmanchar os caroços que se formavam no contato do fubá com a água fervente.

Assim que cresci um pouco, tendo já, a essa altura, observado outras cozinheiras, fora da família, preparando polenta, notei facilmente o equívoco, mas jamais ousaria querer ensinar a nona a preparar a polenta – seria como ensinar o padre a rezar a missa. A sua polenta (assim como a da avó de baixo, que na verdade era a polenta da tia Maria) tinha de ser muito bem cozida, nada de fubá cru, e o resultado era, invariavelmente, uma massa incrivelmente amarela, dura e íntegra, que era servida sobre a tábua onde esfriava antes de ser cortada com a linha.

Quando ousei preparar na roça a minha primeira polenta, aprendida na casa de uma colega de escola, rechaçaram o meu trabalho sem dó: "- Isso não é polenta; é angu!". Com o tempo e a experiência, fui aprendendo que existe a polenta preparada pelos descendentes de italianos no nosso Estado, dura e temperada apenas com sal, e a polenta mineira, parecida com a nossa, porém mais mole e sem sal. O angu à baiana, que era o meu predileto justamente por ser bem temperado e feito para se tomar com a colher, como um caldo grosso, nem era reconhecido como pertencente à família das polentas. Um bastardo, *poveretto*, uma heresia.

Enquanto a nona cozinhava, a sua comida exalava um odor que ia longe. Um misto de fumaça de lenha, alho e gordura de porco tomava o ar todos os dias, antes das dez da manhã. Quem a observasse cozinhando apostaria que ela não realizava nenhuma troca afetiva com os alimentos, mas, mesmo que não aparentasse ter qualquer interesse nisso ou em como o resultado do seu trabalho agradaria o nosso paladar, lá estava ela, de segunda a domingo, infalivelmente imersa no calor infernal da cozinha, portando lenço e avental.

Antes de morrer, a nona ensinou minha mãe a benzer contra a asma, o mau olhado e a espinhela caída. Hoje, de tão pouco que eu lhe soube, não parece fácil falar dela sem cair no desejo de inventar. Era impossível que a sua vida tivesse sido sempre tão pobre e triste, arrastar-se em torno da casa e do paiol, preparando a refeição para o velho pão-duro e insensível, que incitava na criançada a sanha desrespeitosa de puxar a sua roupa, de pregar-lhe sustos, aprontando-lhe pequenas armadilhas, escondendo os objetos e pondo-os em lugares inusitados, o que parecia deixá-la verdadeiramente confusa e cada vez mais insegura sobre o próprio juízo. Apesar de trabalhar sem folga, a nona nunca teve nenhum tipo de domínio ou aproveitamento dos resultados do próprio trabalho; era como uma espécie de escrava, o que era difícil conciliar: a nona era escrava do marido latifundiário?

No leito de morte, no hospital, de modo discreto como de costume, a nona conseguiu, quase sem mobilidade, porém já extubada, driblar a presença dos enfermeiros e dos filhos, para vir a falecer justo no momento em que estávamos presentes somente as duas irmãs, acompanhantes entre as quais ela parecia se sentir mais à vontade – nesse período tínhamos entre quinze e vinte anos. De fato, eu não tenho como provar que a escolha existiu, que não foi o acaso que agiu ali, mas até hoje é no arbítrio da nona (primeiro e último) que creio – ou quero crer. Sem aviso prévio ou cenas memoráveis, ela simplesmente nos acenou, da alta cama, para que nós aproximássemos, e então apanhou a mão da minha irmã entre as suas feias mãos, pálidas e sardentas, iniciando a narração de uma história à qual, no início, não dei muita importância, achando que fosse mais um dos seus obscenos delírios de morfina. Logo, porém, a coerência da narrativa me chamou à atenção e eu me acheguei um pouco mais, para ouvir melhor. A voz, além do baixo timbre habitual, tinha agora uma guturalidade que lhe parecia incômoda – e era assim também para quem a escutava. O meu razoável conhecimento da sua pronúncia, no entanto, era suficiente para entender o que dizia, ineditamente rindo, entre duas fracas tossidas. O fato de a nona sorrir pela primeira vez me encheu, por um instante, da esperança de que fosse um bom sinal. Supus, ingenuamente, que se sentisse bem, e que, quem sabe, recuperaria a saúde. Jamais poderíamos, eu ou minha irmã, imaginar que aqueles momentos, em que a velha senhora tinha enfim um semblante tranquilo, seriam justamente os seus últimos. Eu cogitava ir até o pátio externo do hospital, apanhar o telefone no orelhão e ligar para mamãe, dando a boa nova: "A nona foi extubada, está falando e sorrindo", mas uma das enfermeiras me chamou rapidamente ao corredor para informar algo sobre a nova rotina das visitas, que absolutamente não memorizei, mas que parecia excluir um ou dois dos horários vigentes até então. Quando retornei ao quarto, minha irmã já ria com algo que a nona tinha dito. Situei-me do outro lado da cama, bem perto da sua cabeceira, para não perder o fio da meada da história que ela iniciava:

— Não existe tristeza verdadeira, o que existe é um engano sobre as coisas. Todas as coisas são tristes e alegres. Nós é que escolhemos ver a tristeza nelas, porque gostamos mais de sofrer. Ficamos mais vivos assim. Depois que passam todas as coisas que fizeram a gente sofrer um dia, é que enxergamos. Eram coisas boas, porque estávamos muito bem vivos, enquanto passávamos por aquilo que parecia tão triste. Lá, estávamos mais vivos, sempre mais vivos que depois, porque a cada dia temos menos vida, ao contrário do que parece. É pena que só conseguimos saber disso no final, bem no final. Apesar disso, o futuro é melhor que o agora.

A nona disse essas palavras no meio de uma crise de tosse – e sorrindo. Em seguida, apenas afrouxou a mão que seguravam a mão esquerda da minha irmã, que ainda trazia no rosto um sorriso divertido, provocado pelo inesperado da fala filosófica da velha mulher do campo. Foi então que a nona sorriu de novo, um sorriso ainda mais largo, e parou de respirar.

• • •

O meio de transporte mais utilizado no Patrimônio do Ouro, na década de setenta, ainda era o cavalo, por ser o único adaptável aos vários tipos de terreno pelos quais os homens tinham de passar, cotidianamente, para cumprir as suas funções. Na casa do avô de baixo, o cavalo não era um bem identificado como pertencente a um ou a outro membro da família. Nunca houve o cavalo de fulano ou o de sicrano, mas apenas o cavalo tal – Jujuba, Marciano, Madrugada ou Trovão –, de cuja montaria qualquer um podia se valer, bastando que o animal estivesse ao alcance, nas cercanias da casa. Justamente para o caso de haver a necessidade, alguns animais eram previamente alimentados e passavam o dia amarrados no lado de fora do curral, à disposição.

Para mim, montar era uma experiência sempre mais próxima do medo que do prazer: precisava galgar o lombo de um animal que tinha o triplo da minha altura e grandes ventas ofegantes, a boca esgarçada pelo duro cabresto de ferro, deixando escorrer uma baba grossa, e cujas carnes pulsavam sob o couro maltratado, endurecido feito lona. Para além disso, jamais tinham cara de bons amigos, como é a cara dos cavalos macios e sorridentes que ilustram os contos de fadas. Na maioria das vezes, o gigante, com seu cheiro ácido de suor e capim, trazia os olhos cobertos nas laterais. As explicações que os mais velhos me davam para o uso da dupla venda, contraditórias entre si, jamais me convenceram:

— É pro animal não se distrair e andar sempre pra frente, dizia a avó de baixo.

Um dos tios mais jovens, provavelmente comovido com o fato de eu sentir pena do bicho, ou quem sabe apenas constrangido com a possibilidade de eu vir a considerá-lo um homem mau, garantia, sem receio de tocar o absurdo, que todo cavalo gostava de caminhar semicego.

Eu não podia me conformar:

— Viver assim, sendo tocado para um lado e outro, o tempo todo carregando o peso da gente, e ainda por cima sem enxergar? Por que fazem isso com ele? - inquiri uma das primas mais próximas em idade, estando nós duas já montadas para ir levar um recado a uma casa perto da igreja.

A prima se divertia com meus modos bobinhos de menina delicada e sem senso prático, criada na cidade, longe daquela rotina que demandava força física e, como não, um certo descuido do espírito. Diante da minha questão, cogitou por um quarto de segundo, o olhar congelado em algum lugar entre as suas próprias sandálias e a cara do meu cavalo. Tinha sido pega de surpresa, ao certo nunca havia pensado sobre aquilo. Em seguida, como quem espana uma cabeça para livrá-la de ideias incômodas, sacudiu a vara com o chicote de couro na direção do meu rosto apalermado, de quem espera, de verdade, uma resposta, e ajeitou o corpo sobre a sela, demonstrando já alguma impaciência com a minha lerdeza:

— Vão bora, Tóia, mete a espora na barriga dele, senão ele não anda.

Ao cabo de um mês de férias, aproveitando os momentos em que a criançada debandava, deixando-me só, eu já havia explorado parte considerável da casa, do terreiro, da horta, do pomar e do curral dos avós de baixo, que era onde me inteirava melhor. Sabia de cor os cheiros e cores de grande parte das flores e frutos ao redor, conhecia o ritmo do moinho de café, o frior da terra na beira do açude, a poeira que os raros carros levantavam ao passar, a inclinação convidativa do tronco da jaqueira-mãe, repleta de urupês, o espeto da capoeira nas canelas finas, desacostumadas do contato com o capim, os grilos, no fim da tarde, cricrilando alegres na grama em volta da casa, o som soturno dos sapos no brejal, a quero-quero gritando irada e nos perseguindo na várzea, com temor pelos seus ovos, postos em ninhos aparentemente improvisados ao rés do chão, o tráfego das cobras que atravessavam sem pressa a antiga estrada, o zum-zum feroz das mulheres da roça, na infalível visita de fim de semana, o cheiro do bolo de fubá, as balas de mel e menta que a avó distribuía, embrulhadas no papel pardo do mercado, as listras em preto e branco das sementes de girassol que ela deixava que debulhássemos, sentados lado a lado num comprido banco de madeira, o sol quentíssimo queimando a moleira, o travo agridoce do vinagre de banana, a cachacinha dos tios, seu esgar de prazer e nojo com o primeiro trago, a fumaça que escapava pela chaminé do fogão a lenha, sobre o qual os gatos se aninhavam nas noites mais frias, o cavaco e o torresmo fritando na banha de porco, o ocre da polenta dura, descansando sobre a tábua, o frango cozinhando lentamente na panela, as galinhas neuróticas correndo pelo quintal varrido, a cabeça quase sempre baixa e ciscando à procura de comida ou em obediência cega aos comandos da avó, na hora de virem beliscar a mandioca esmagada através das batidas de um pau sobre um tronco velho fincado no chão, ao chamado em tchuu-tchuu-tchuu, o primeiro vislumbre chocante de que o frango cozido com batatas tinha sido, até o momento do sacrifício, uma galinha arisca, de penas coloridas e brilhantes, seguida de perto por inúmeros pintinhos amarelos e barulhentos, o cheiro da farinha durante a torragem, o gosto da rapadura, a colheita acústica do feijão, as sementes se soltando da vagem, o cheiro forte e delicioso, preferido, do paiol repleto de sacas de milho e café, seu incenso fugindo pelas frestas da parede de estuque, nos dias de calor, o leite das vacas jorrando em jatos por entre os dedos madrugueiros do tio Ari, espumando com barulho no balde ovalado, de lata, e logo depois acondicionado nos enormes latões que iriam brilhar ao sol nascente sobre bancos solitários construídos à beira da estrada, na porteira de cada fazenda, a salmoura pingando do queijo verde, prensado dia após dia na panela perfurada e sem cabos, sob as mãos astutas da tia Maria, o odor adocicado do estrume, no curral, os gritos medonhos do porco e do boi a caminho da gazua, nas vésperas das festas, "escondam as crianças; se sentirem pena, o animal demora a morrer", a secura das grandes mãos do avô, calejadas no manejo da enxada e no trato com o gado, o cheiro de fumo picado que a sua pele exalava, mesmo depois do banho frio que tomava no "quartinho", pequeno banheiro gélido, de paredes limentas, que, para meu espanto, ficava fora e longe da casa, sendo impossível ir até ele no meio da noite, o que explicava a existência dos odiados penicos de esmalte, e, maior que tudo, pairando sobre todas as coisas, a última e a primeira impressão de um dia passado no campo: a paz das noites bem dormidas, longe do barulho enervante da escola e da cidade, no único lugar conhecido por nós em que se impunham os mais completos silêncio e escuridão.

• • •

A casa dos avós de baixo unia a maior simplicidade com o capricho mais aguerrido: por dentro, as paredes eram reiteradamente caiadas de branco. A varanda, bastante alta em relação à parte dos fundos, possuía duas escadas de acesso, uma de cada lado e equidistantes em relação à porta que dava para a sala; essas escadas eram encimadas por portões feitos de ripas entrecruzadas em treliças que, olhando de dentro, simulavam um jogo de xadrez entre a madeira, pintada de azul, e a paisagem verde lá fora. Forjada sobre grandes blocos de pedra que lhe formavam a base e as colunas, a casa mantinha intactas as mesmas paredes de alvenaria erguidas na construção, esburacadas apenas aqui e ali pela incidência das chuvas de vento dos períodos de densa invernada.

Os bancos e mesas, fabricados juntamente com a casa, exibiram, originalmente, o mesmo azul turquesa que, com o uso, ao longo dos anos, foi desbotando. Diferente do que acontecia com as alvas paredes internas, ninguém nunca parece ter se lembrado de renovar a pintura dos móveis. Ou talvez o desgaste da mobília, sem renovação, fosse resultado da crise de carestia por que passava o país naqueles anos de ditadura que nós, crianças, nem mesmo sabíamos que estávamos todos vivendo.

O telhado em nada destoava dos de todas as outras casas das cercanias. Tudo indicava que o engenheiro, o arquiteto, o mestre de obras e o pedreiro eram uma mesma pessoa, além de também ser a única a realizar essas funções, nos arredores. O projeto das casas, erguidas na década de cinquenta, parecia impregnado dos conhecimentos e valores estéticos herdados, pelo esquecido arquiteto, de um ascendente seu vindo da Itália quase um século antes. Por isso, no sufocante calor do interior norte do Espírito Santo, ergueram-se, uma após outra, as inúmeras casas de madeira – umas apoiadas em suportes de pedra, outras construídas diretamente sobre uma pedra maior e plana já existente no local, imitando o estilo das antigas habitações de províncias como Vêneto, Pádova, Mântua e Treviso.

Na sua totalidade, as casas eram pintadas de azul turquesa, verde água ou cor de rosa – sem exceção. Mas, em criança, o que me impressionava naquela arquitetura era o fato de as casas da localidade serem todas divididas ao meio (ou ligadas) por uma espécie de estreito corredor externo, sem paredes, coberto por um telhadinho de duas águas, sendo o chão desse estranho "cômodo", também de madeira, como o do resto da casa. Nas laterais, servindo-lhe de corrimão, outra treliça azul, de proporção menor que a da varanda, porém no mesmo padrão. Esse corredor servia de comunicador entre as duas partes da casa, funcionava como um viaduto ou pontilhão. Nunca lhe entendi a verdadeira função, mas com certeza ela também (a função) era mais uma herança de antigos costumes e necessidades trazidos da Europa e nem sempre bem adaptados ou atualizados ao novo tempo e local, um país tropical no século XX. Pensando bem, tratava-se de um tempo, o aguardado e temido século XX, que, se de fato chegava, chegava com atraso suficiente para receber sem estranhamento a arquitetura de um tempo passado e de outro continente.

Na minha ânsia de entendimento do pequeno mundo que aos poucos se ampliava ao meu redor, eu cogitava que a atribuição do curioso passadiço fosse oferecer defesa para os quartos, no caso de uma invasão de ratos vindos da despensa ou da cozinha, ou a prevenção contra um possível incêndio iniciado no fogão a lenha, já que na parte baixa da casa, com saída para o terreiro dos fundos, ficavam a despensa, a copa, a cozinha e, em alguns casos, o banheiro interno (quando havia), além da área de serviço, guarnecida com um tanque em que eram lavadas tanto as roupas de trabalho quanto as louças, em dias de chuva, e as crianças em idade de colo. Sabíamos todos que o risco de combustão era aumentado nas casas de chão de madeira, como aquela, e podíamos imaginar que seria mais fácil debelar um incêndio mantendo o fogo isolado em apenas uma parte da casa, desde que essa parte fosse separada da outra – daí talvez a ideia do excêntrico corredor, relativamente fácil de encharcar de água, ou mesmo derrubar, sob o desespero de um sinistro desse tipo. No entanto, para nós, crianças da cidade, a curiosa galeria de ligação (ou de separação) era algo quase mágico, ainda mais porque, a um tempo em que nele estávamos abrigados, portanto dentro da casa, aquele verdadeiro cordão umbilical arquitetônico nos permitia um contato direto com a natureza lá fora, já que não possuía paredes, mas apenas colunas de sustentação.

À noite, eram trancadas com taramelas as duas portas que isolavam o pequeno corredor dos dois pedaços da casa. Ao lado de fora, bem próximo ao passadiço, a depender do capricho dos donos da casa, havia sempre arbustos com flores. Uma das tias "tortas" conservava com ciúmes, ao lado do seu, uma mexeriqueira frondosa e anã que entregava diretamente dentro da casa, nas pontas dos galhos, os seus últimos frutos, dulcíssimos, e que ninguém, afora sua dona, podia colher sem ter de suportar, depois, uma ardente repreensão. A avó de baixo, por outro lado, parecia escolher as suas plantas pelas cores ou pelo aroma das flores. Na entrada da varanda manteve, durante décadas, o seu brinco-de-princesa – não a conhecida planta de vaso, mas o arbusto, um tanto mais raro. Na faixa de terra dos dois lados do passadiço, onde o sol incidia com pouca violência devido à projeção da sombra da casa, conservava a murta e o manacá, menos necessitados de luz direta. Uma das pontas do passadiço dava para a sala de visitas; a outra, para a copa.

A copa, apesar de mobiliada com cristaleira e uma mesa com muitas cadeiras, jamais era utilizada para as refeições em família; era praticamente um local de passagem, onde se parava apenas para beber água. Para almoçar e jantar, os adultos se aboletavam nos dois enormes bancos de madeira com pés em formato de bandeirolas, que cercavam a mesa da cozinha, coberta sempre com um plástico grosso e transparente, de modo a poupar da sujeira a toalha de pano xadrez ou discretamente florido. Já as crianças apanhavam seus pratos de esmalte branco ou verde e se sentavam no chão, nos cantos do fogão a lenha, no batente da porta ou nos bancos menores, espalhados pelo terreiro, perto da entrada da cozinha. Próximo das portas e portões havia sempre os feios tapetes de retalho multicores que a avó mesma fabricava com restos de roupas velhas e lençóis, sentada diante da pequena máquina preta em que também costurava embornais e fazia remendos nas roupas usadas pelos homens para o trabalho no campo.

Na parte da frente da casa ficavam os quatro quartos (com dois beliches cada), cujas portas saíam das duas pequenas salas geminadas. Numa delas, desde meados dos anos oitenta passara a reinar, soberana, a televisão, em torno da qual se reuniam, noite após noite, primos e tios, para assistir a mais um capítulo da novela das sete. Às nove, quase todos os moradores locais já estariam dormindo. Nas paredes, apenas dois retratos, a óleo: um do casal de velhos, quando da sua união; outro do casal já maduro, cercado dos onze filhos, treze rostos flutuando entre nuvens, sobre um fundo verde azulado que subtraía às expressões qualquer realismo, embora os traços, retocados a óleo sobre a reprodução conjunta de diferentes fotografias, correspondessem bastante fielmente à imagem que eu tinha de cada um daqueles que, na sua maioria, ainda circulavam por ali: tio Preto, o mais velho, de pele quase negra e cabelos crespos, porém com os mesmos traços afilados do avô; Branca, a tia vesga, olhando de lado, porém fixamente, para a câmera, como que tentando desvendar algo no retratista responsável pela foto que originaria depois o retrato a óleo em que figurava então, seus cabelos claros se abrindo em largos cachos e os olhos de um azul intenso ornando com o plano de fundo; tia Morena, chamada por todos "Índia" (eu nunca soube qual era o nome, qual o

85

apelido), a de lindos dentes e a de sorriso mais espontâneo, entre todos; os dois pares de gêmeos bivitelinos, quatro meninos completamente diferentes entre si, como se nem mesmo irmãos fossem, porém portando roupas idênticas, no retrato; um outro tio que não sobreviveu à primeira infância, devido ao crupe, e cujo nome nenhum primo sabia informar; tia Maria, a mais nova e minha predileta entre as mulheres; Ari, caçula entre os homens, na imagem quase um bebê, curiosamente representado com gola redonda, bordada e engomada, modelo que nunca fez parte do guarda-roupa daquela família, mais chupeta e chocalho, num exagero da fantasia do pintor acerca da infância. Por fim, minha mãe, minha própria mãe quando criança, a figura do quadro em que me demorava mais tempo e a cara mais triste de todas, a boca sempre com os cantos vertidos para baixo, como se ela ou o mundo estivesse de ponta-cabeça.

A moldura dessa tela surreal, central no museu da curta memória de família, se bem me lembro havia sido talhada em gesso, ou num similar mais popularizado. Algumas bordas, desgastadas pelo tempo e manuseio, ou então quebradas numa queda, haviam sido caprichosamente reparadas por vovó com esmalte de unha. Os ramos de flores que compunham o acabamento da moldura, no qual predominavam o carmim e o verde quartel, haviam sido retocados com uma meticulosa mistura de preto e vermelho, cores que eu jamais vi nas unhas de minha avó ou de qualquer outra mulher da roça. Em geral o esmalte (rosa, branco ou transparente) era usado apenas nos dias de festa.

A avó não gostava de manter trastes quebrados dentro de casa. Seus panos de prato e de cama eram imaculadamente limpos, sem rasgos ou remendos. Sua despensa – e mesmo o paiol, onde os tios depositavam toda sorte de ferramentas, mais os sacos de milho e café – se mantinha sempre limpa e organizada. Sobre as paredes cobertas de tábuas que faziam as vezes de armários, encontravam-se as muitas latas em que ela guardava o feijão, o fubá, o arroz, o açúcar, o trigo e o pó de café, além de uma pequena bacia de alumínio com alho, e outra, maior, com cebolas.

Como a eletricidade ainda não tinha chegado ao Patrimônio, a passagem de perecíveis, como frutas e legumes, pela despensa, tinha de ser muito rápida. As exceções eram o coco seco, o inhame, a mandioca inteira, a abóbora e a batata, que podiam ser guardados por meses. A avó coordenava pessoalmente a colheita de mamões, mangas, limões, jacas, cajás, laranjas, bananas e abacates, os quais, é claro, durariam bem mais no próprio pé. Desde que colhidos, contudo, tinham de ser consumidos rapidamente, em especial no tempo quente – ou então transformados em geleias, compotas e pequenas barras de doce losangulares, que os primos adoravam, mas que para o meu gosto pareciam sempre doces demais. À sua governança não eram permitidos vacilos e distrações. O desperdício de mantimentos era um pecado mortal.

Na despensa da avó de baixo também era comum encontrar-se pequenos embrulhos de papel contendo sementes de flores que em breve seriam semeadas na horta, plantadas perto de casa, ou, no caso de caroços de frutos de grandes árvores, levados à germinação na água ou diretamente na terra, até que a nova muda, a mais viçosa entre as que brotassem, fosse plantada definitivamente no pomar, do outro lado da estrada.

O pomar era um mundo à parte. Nele passávamos tardes inteiras, entre pés de jaca, manga e goiaba, colhendo frutas maduras ou de vez. Mesmo ali onipresente a urtiga despontava sorrateira, com seu verde vibrante, pondo a todos em alerta, especialmente as crianças da cidade, porque as outras, ou já tinham a vista treinada para reconhecer a pequena planta trepadeira, com suas folhas em formato de garras, ou traziam as canelas acostumadas ao prurido violento que, diziam, bastava que não se coçasse, para que rapidamente viesse o alívio.

Nos fundos do pomar passava o córrego sem nome a que chamávamos "o corguinho". Era o mesmo em que nos deleitávamos na casa do tio Joachim, situada uns seis quilômetros acima, na estrada. Lá, porém, com as margens amplamente abertas e sendo todo o tempo banhado de sol, o córrego tomava feições paradisíacas: as bordas eram repletas de uma plantinha de folhas felpudas e frutos pretos comestíveis, chamada maria-preta, e o fundo era formado por uma areia muito branca, macia ao toque dos pés, e que limpava, sem esforço, os nossos calcanhares imundos. Ali, volta e meia, nos deparávamos com cardumes de filhotinhos de piabas e até mesmo alguns estranhos caranguejos quadrados, de casca cinzenta e mole. Transitavam sem medo, entre nós, peixes tão translúcidos que era possível ver-lhes as entranhas enquanto nadavam por cima das nossas pernas e umbigos. E havia um tipo especial, chamado peixe-rei graças à pequena coroa de cartilagem amarelada que carregava no alto da cabeça. Em criança, eu nunca soube ao certo se a tal coroa era o traço característico de um tipo de peixe, ou antes um traço distintivo de alguns indivíduos dentro da comunidade daquele peixe específico, como acontece com a abelha-rainha e seus distintivos. Evitava fazer aos adultos certas perguntas de zoologia ou botânica, por receio de uma resposta cínica ou mentirosa, como aquela que transformava em fadas os pirilampos. Eu mesma me permitia grandemente todos os tipos de fantasias em que misturava a realidade e os contos de fadas, mas, quando buscava informações com os mais velhos, eu queria respostas simples e diretas, nas quais pudesse confiar.

Além da água límpida, revigorante nos dias de calor, me encantava, no córrego, a beleza das libélulas, com sua fascinante paleta de cores: havia em maior número as grandes, de ventre grená, a que os primos chamavam paca-fumo ou bizoiudo. Ambos os termos me desgostavam, por diminuírem a magia daquelas fadas diurnas. Eram insetos mansos, inofensivos e, desde que permanecêssemos imóveis por alguns segundos, vinham nos pousar nos braços enquanto nos aquecíamos ao sol, antes ou depois do banho no córrego. Encontrávamos também, embora com menor frequência, libélulas brancas, amarelas, vermelhas, lilases, transparentes, verdes e azuis, as duas últimas sendo as minhas prediletas. Foi muito difícil para os primos me convencerem de que as linhas que lhes amarravam nos rabinhos de telescópio não iriam, em pouco tempo, lhes tirar a vida. Para mim, eram as correspondentes solares dos vagalumes que caçávamos à noite, atrás da casa, e os quais, diferentemente, eu nunca tinha visto ninguém pensar, sequer, em maltratar. Por essa e por outras, no mundo dos insetos, as belas libélulas, que a tia Maria chamava "lavadeiras" e "donzelinhas", me pareciam enormemente injustiçadas.

. . .

Em frente à casa da Dona Altinha, colado à estrada e correndo sinuoso sob a sombra enorme de um fícus, o mesmo córrego, sendo outro (não se entra duas vezes num mesmo córrego), habitava de passagem o melhor lugar para pescaria, tanto ao sol, quanto de noite. Os moleques, e mesmo os homens, aboletavam-se sobre as raízes aéreas da árvore para lançar a linha naquelas águas frias, de onde saíam bagres e piabas em profusão.

Nos fundos do pomar, porém, o córrego assumia ares de cenário para filme de terror: a água ali era escura, suja, lodosa. Em ambas as margens via-se uma borda marrom, como de ferrugem, e a areia do fundo era movediça. Lembro-me de apenas uma vez ter entrado nele por esse trecho, envolta no espírito de rebanho dos primos que, naquele dia, pareciam estar especialmente endemoninhados e dispostos a fazer toda e qualquer coisa que os pais tivessem proibido.

O resultado foi um inferno de sanguessugas agarradas em todas as pernas, pretas e brancas, grossas e finas. A criançada saiu correndo por entre as árvores, mas apenas os visitantes da cidade parecíamos realmente apavorados. Dois dos primos da roça gritavam e riam muito da nossa desgraça, o que me fez pensar que a entrada no brejo podia bem ter sido uma armadilha, como tantas outras que os moleques mais espertos costumavam preparar para os lerdinhos de fora, como eu.

Choraminguei envergonhada, com os tornozelos em pandarecos. Eu já conhecia relativamente bem escorpiões, lacraias, marimbondos e aranhas caranguejeiras, mas nunca tinha me deparado com sanguessugas. Para mim, até então, eram apenas um nome. A ação marcada no nome do bicho, porém, agora se realizava na minha carne. Eram vermes grandes e pequenos, uns pálidos, outros avermelhados, uns arredondados como grandes carrapatos cor de catarro, outros compridos feito lombrigas, crescendo a olhos vistos sobre a nossa pele, e nenhum deles se soltava com a fricção desesperada que lhes impúnhamos.

O pavor maior vinha da demora em dar fim àquela tragédia, de ter de correr pomar acima e atravessar a estrada até a casa da avó com as bichas agarradas nos peitos dos pés e nas batatas das pernas. Gritávamos desesperadamente, enquanto corríamos em direção à estrada. Diante da algazarra sem tamanho, tia Maria veio rápido para o terreiro, a cara assustada, imaginando que um de nós tivesse sido picado por cobra.

A avó, que lavava alguma coisa no cocho, abandonou o que fazia e veio em nosso socorro. Entendeu a situação assim que viu de perto o primeiro de nós. Entrou na casa, foi até a despensa e saiu de lá sem muita pressa, mas com uma expressão grave, que a qualquer hora poderia se abrir numa repreenda: " – Se foi dito para não entrar no corgo, era pra não entrar! Agora o resultado está aí!". Ela trazia uma braçada de limões galegos, cujas cascas macias e cor de laranja ia dilacerando com as pontas dos dedos, para espremer sobre as nossas pernas o líquido amarelado, que pingava grosso. A acidez do limão fez com que as sanguessugas se soltassem. Ardeu um pouco, mas apenas nos locais onde elas haviam deixado as marcas das suas ventosas. Foi a segunda vez que vi a avó aparentando aborrecimento. Fiquei pensando se era apenas pela nossa má criação, ou se ela já estaria mal-humorada, quando lhe corremos ao encontro no quintal, com as nossas canelas imundas de vermes. Enquanto ela nos livrava dos bichos, que caíam mortos e engiados sobre o solo, imaginei que talvez as nossas longas visitas fossem demasiado cansativas, porque alterávamos a rotina da casa e, mesmo sem querer, inspirávamos os primos da roça a ir além dos seus limites, o que faziam algumas vezes para nos divertir ou irritar, outras apenas para se exibirem diante de nós.

∙ ∙ ∙

Logo no início das férias eu tinha assistido à primeira ocasião em que a avó de baixo me pareceu aborrecida. Um dos primos mais velhos "lá de cima" havia descido com meu irmão pela beira da estrada, armados ambos com estilingues, caçando passarinhos a pedradas. Cada um trazia dependurado um bornal, cujo conteúdo esvaziaram sobre um dos bancos, no terreiro. A avó se aproximou silenciosa e conferiu, séria e arguta, o resultado daquela caçada desnecessária, porém aceita por ali como recreação, e que ocupava praticamente o mesmo *status* que a pesca. Alguns passos afastada da presença contidamente agressiva dos dois meninos, cujo cheiro de suor repugnava, ouvi a avó declamando, no início divertida, enquanto puxava os pássaros pelas pontas das asas:

— Bem-te-vi, bem-te-vi, sabiá, rolinha, anu... bei...

E, de repente, girando o tronco muito rápido, feito uma boneca de mola, num tom completamente mudado do jovial para o incrédulo:

— Beija-flor!? Onde já se viu matar beija-flor? Vocês têm algum problema? Isso não se faz! — disse alto e alteando a cabeça, de um jeito muito ríspido. — Vocês vão preparar e comer um beija-flor? É isso mesmo? Por quê? Pra que tamanha maldade? Vocês estão passando fome? Digam: estão passando fome? Querem que eu cozinhe uma galinha pra vocês? Vocês já sentiram na mão o peso de um beija-flor?

Eu nunca tinha visto a avó elevar a voz. Meu irmão aparentava ter ficado sem graça, mas eu já o conhecia o suficiente para saber que era fingimento. O outro esperou apenas que a avó se virasse e entrasse na casa para fazer, às suas costas, o gesto petulante de dar uma banana. Em seguida, os dois pegaram a estrada de volta para a casa do avô de cima, deixando seis pássaros mortos sobre o banco. Alguns tinham sangue na cabeça, outros quase não sangravam, mas traziam o peito estourado pela pedrada. Realmente o beija-flor sem respiro, levíssimo, o menor e de penugem mais brilhante, deitado ali naquela posição completamente desnatural, era o suprassumo da maldade desnecessária, ainda mais depois de abandonado pelos meninos sobre o banco, gesto que revelava a inutilidade tanto daquele trabalho perverso, quanto do seu produto.

Vi as primeiras formigas chegarem e avaliarem o material inerte. Com o cair da tarde, as penas azuis e verdes do colibri perderam o viço. Senti o cheiro de carne viva e depois o odor chocante da morte, que emanava dos tristes cadáveres. Algumas horas antes eram ariscas criaturas voadoras, bicando as frutas maduras e cantando sobre as nossas cabeças, nas copas das árvores, ou dando voos rasantes pelo quintal.

No começo da noite, ainda contrariada pelo desaforo dos dois moleques, a avó se aproximou do banco com um balde e uma pá, para recolher as carcaças já bastante perfuradas pelas formigas. Eu a olhava de longe e vi quando articulou a boca num muxoxo de palavrão.

• • •

Pela manhã, após o café, assim que os primos assumiam as suas funções na engrenagem da fazenda, alguns acompanhando os pais na ordenha ou na capina – a maior parte dos adultos já estava no curral ou na roça desde as quatro ou cinco da madrugada –, eu me encorujava junto à entrada dos fundos, observando solitária, portanto com maior concentração e vagar, os bichos e plantas nas cercanias da casa. Apenas a partir do almoço é que nos juntávamos de novo para outras brincadeiras, as crianças menores.

O avô de baixo, possuidor de dez filhos adultos, metade já casada e morando no entorno, nessa época não fazia muito mais que administrar. Depois do almoço, picava fumo, sentado num banquinho, a expressão sossegada, mas mal-humorada, de pequeno proprietário, aqueles ares de quem tem algo – embora não seja muito – a perder. Enrolava o seu curto cigarro nas palhas mais finas, quase transparentes, do milho, artesanato que finalizava sempre com a própria saliva, passando a língua na borda do curto canudo, de uma ponta a outra. Era quase palpável o estalo de prazer que ele soltava ao primeiro trago daquela fumaça quente e cheirosa que em uma dezena de anos o levaria à morte.

Tia Maria, filha caçula e remanescente solteira entre as mulheres, era praticamente a única a permanecer dentro da casa durante o dia. Cozinhava desde cedo ao calor infernal da lenha que crepitava sob as trempes de ferro do fogão, construído rente à parede. Trazia a cara vermelha feito um tomate. Nesse dia, excepcionalmente, eu havia dormido demais e era então a única criança que restava nos arredores da casa. Discretamente atenta à minha quietude, que vigiava por um rabo de olho, a tia Maria mexia, com uma esteca de madeira, a polenta do almoço, o qual saía sempre muito cedo para os nossos hábitos de crianças da cidade. No tacho preto e pesado havia comida para uma dúzia de adultos, mais as crianças de casa e as de fora, embora, no seu dizer, os de fora comêssemos "feito passarinhos". Enquanto ela rodeava o fogão com seu corpo miúdo, contudo bem assentado sobre pernas fortes, remando em círculos vigorosos no pó de milho, puxava comigo uma conversa qualquer, para matar o tempo.

— Está gostando das férias, Tóia? (Um apelido assim me obrigava a ser sempre a netinha ou a sobrinha pequena e inexperiente, a delicada menina magra da cidade, que tem medo de vacas e sofre com as picadas do borrachudo.) - Você gosta mais daqui ou da cidade?

Felizmente, ela não esperava resposta alguma da minha timidez, e eu podia permanecer tranquila, lançando apenas um "sim", um "não", um "é"...

— Se você me ajudar a arear as panelas, depois eu te levo lá no alto do morro.

Isso já era diferente. Uma proposta assim me tirava do mutismo. Era a realização de um sonho secreto e silente, e eu caía fácil na armadilha deliciosa da sua empatia:

— Eu ajudo, sim. Eu quero!

Considerando em retrospecto a personalidade da tia Maria, parece agora quase sobrenatural a capacidade que tinha aquela mulher tão jovem, e antecipadamente tão sábia, de ler e interpretar alguns pensamentos que eu nem bem percebia que tinha, tão rápido eles se formavam e, depois, se diluíam.

Da porta da cozinha, onde me sentei depois do almoço para esperar que ela limpasse o fogão com a sua vassourinha redonda de piaçaba, enquanto o sol torrava as folhas novas de um pé de aroeira, eu olhava o alto do morro onde ficava a nascente que fornecia toda a água usada nas casas da parentela. Lá no topo, no lugar em que eu imaginava o nascedouro da água fresca da bica, despontava, em meio ao campo, uma única árvore solitária. Ao meio-dia, a sombra redonda da copa frondosa parecia desenhada no chão com *nankin* e convidava para uma sesta. Em volta, os tufos de mato, feito grandes cabeleiras verdes, eram penteados pelo vento em infinitas ondas suaves. Aqui embaixo, no vale, raramente se viam rajadas de ar refrescantes como aquelas lá em cima.

Ainda na viagem de ida para o Patrimônio do Ouro, da janela do trem (metade do caminho era feito num trem, naquele tempo), diante das vastas paisagens com campo verde, eu fantasiava uma cena bucólica. À distância, idealizava o frescor das folhas de grama, imaginava correr sobre o tapete de mato macio, jogar-me nele, rolar pelo solo como num cobertor felpudo, e era essa a sensação que eu esperava ter, enfim, ao subir o morro da nascente, acompanhada da tia Maria. Sozinha, jamais ousaria ir tão longe.

Ao lado oposto do morro da nascente, de acesso muito mais difícil e limitado, quase equidistantes, os dois, com relação à casa, ficava o Monte do Cruzeiro, local de peregrinações religiosas a que os moradores da localidade recorriam para pedir chuva, dinheiro e outros milagres. Nos períodos longos de seca, multidões inteiras saíam de suas casas aos domingos, debaixo do sol escaldante, para caminhar, rezando e cantando, até o alto do morro em forma de pirâmide, marcado ao meio por uma fenda funda e longa, que se iniciava no alto e vinha até quase o sopé, o que fazia com que alguns forasteiros o nomeassem, numa heresia jamais repetida em público pelos locais, o

"Morro da Vagina". Resultado de erosão milenar, a chanfra na pedra, mesmo no estio, permanecia repleta de uma vegetação que, ao longe, vibrava, verde como vagem. Pode ser inclusive que a mistificação contagiante, o sonho de fartura que tomava a população local nos tempos difíceis, resultasse diretamente da visão constante da grande fresta, um verdadeiro oásis, visível de quase toda a extensão oeste daquela parte do município, desde o Patrimônio do Ouro até Santa Rosa, passando pelo Córrego da Prata, Cinquenta e Sete, Vila Pavão e Água Doce do Norte. Olhando mais de perto, distinguia-se, na grota úmida da pedra, apenas e tão somente o acúmulo de cactos sobre cactos, alguns realmente viçosos, repletos de flores e frutos de cores e dimensões variadas, os espinheiros saindo de uma espessa camada de húmus que, em alguns pontos, crescia como capim.

Em 1874 chegou a primeira centena de famílias de imigrantes italianos, introduzidos naquele clima, descrito na época como quente e úmido, a partir do porto de Nossa Senhora da Vitória, onde foram despejados de grandes navios, depois de meses passando apuros em alto mar. Os sobreviventes da longa viagem, assim que se instalaram nas terras prometidas, ao considerarem a imensa sorte que tiveram até ali, mesmo sem ter o que comer e onde se abrigar, resolveram talhar na madeira uma pesada cruz, de quase seis metros, e conduzi-la, num esforço sobre-humano, até o cimo do morro mais alto, que, desde então, passou a ser conhecido como o Morro do Cruzeiro. Na verdade, era essa a segunda morada dos corajosos desbravadores, que no entanto sucumbiram à dificuldade maior, da primeira morada, que eram os altiplanos da serra central do Estado, habitados por feras selvagens e insetos em profusão, de onde a maioria preferiu sair para se aventurar mais ao norte, mesmo tendo de abrir mão do clima agradável das montanhas, semelhante àquele das suas terras de origem. Levando-se em conta que, a cada onze crianças imigrantes, nove morriam nos primeiros dias após a chegada devido a doenças desconhecidas, que nenhum recém-chegado sabia remediar, e os outros elementos terríveis que ainda teriam de enfrentar, havia muito por que agradecer, e muitíssimo mais por que suplicar. Daí a importância da cruz gigante. Rezas, simpatias e bendições de todo tipo se espraiaram pela "colônia", em alguns pontos mesclando-se com as crendices remanescentes dos povos negros e indígenas. Ramos de arruda atrás da orelha, patuás com feixes de cabelo do doente introduzidos nos troncos das bananeiras, garrafadas com sumos de plantas, fórmulas mágicas, entoadas com a mão sobre a cabeça do paciente eram seu médico e remédio, naquelas rústicas fazendas isoladas de tudo.

A nona, pouco antes de morrer, ainda nos diagnosticava e benzia contra "mau olhado, tirícia, pelamonia e espinhela caída". Enquanto dava pontos, com uma agulha, num pequeno pedaço de chita que ia passando sobre a parte do corpo que nos doía, ou que, supostamente, era o centro dos males de que sofríamos, entoava em voz baixa uma cantilena repetitiva, cujos termos só era possível distinguir estando bem perto dela, do seu cheiro de cachimbo e sabão de coco:

— Eu te benzo, eu te livro, eu te curo. Que a dor da cabeça vá para os pés e dos pés para o centro da Terra... Em nome do Pai, do Filho e do Espírito Santo.

Ao final da reza da nona – fomos ensinados por mamãe – não devíamos dizer "Obrigado!", mas era imprescindível dizer "Amém!". Provavelmente porque soaria sacrílego abandonar tão rápido o imaginário território sagrado que a respeitável benzedeira construía com palavras. A bendição – era mamãe ainda quem alertava – não funcionava se fosse oferecida pela benzedeira, ao invés de espontânea e diretamente solicitada pelo doente; era preciso, diante de Deus, mostrar que havia o desejo de cura, ela acrescentava. Também era expressamente proibido dar ou receber dinheiro, nessa relação, sob pena de inutilizar o desejo e o esforço de cura, transformando a reza em mera mercadoria. Apenas um agrado ou outro, como um utensílio para a casa, um pente de ovos, uma galinha ou um porco podiam ser ofertados, mas a nona fazia questão de evitar que acontecesse, apartando ao máximo as suas bendições, dos presentes que eventualmente recebia de conhecidos e parentes.

Ao chegarem ao Brasil, originários, em sua grande maioria, de regiões frias da Itália, crianças e adultos tinham de, subitamente, adaptar-se à floresta tropical, com fauna e flora totalmente desconhecidas. Além de que a terra prometida, aqui materializada, não era bem aquela que lhes fora esboçada quando ainda se encontravam na Europa, de onde partiram apenas aqueles que não possuíam mais nenhum recurso que garantisse uma sobrevivência razoável, mas que, em contrapartida, ainda dispunham de força física para lutar com os caprichos e exigências da nova terra, fazendo-a produzir. E eles não eram poucos.

Talvez por medo do sagrado e por gratidão aos antepassados, talvez considerando o trabalho hercúleo daqueles primeiros habitantes, ninguém, após a difícil instalação da cruz no alto do monte, teve a ousadia de reclamar por achar demasiado o esforço de, no afã de ver atendidos os seus pedidos, ir até o cimo carregando no colo crianças doentes, animais domésticos, pequenos crucifixos de gesso e madeira, imagens de santos, monóculos com retratos de familiares, efígies de membros talhados em cera, corações de parafina e cortes de longas tranças. Ou então muletas e óculos já tornados inúteis, graças a um milagre, pequenos carregamentos de velas e bandeirolas de pano para depositar na escadaria de cimento de quatro grandes degraus, que servia de suporte, no alto do morro, para o bem talhado cruzeiro.

Certa feita, seguia firme a estiagem, mais de doze meses sem chuva, as noites esfriando como num deserto, quando o padre Irineu, já afamado nas redondezas e então em visita ao Patrimônio do Ouro, conclamou a todos para que subissem até o Cruzeiro no domingo seguinte, em sua companhia, numa romaria dedicada a Santa Bárbara à qual não deveria faltar um morador sequer da comunidade, nem mesmo criança, bêbado ou doente. As grávidas e os idosos presentes à missa naquele domingo se entreolharam assustados e com cumplicidade, mas ninguém ousaria contrariar o santo pároco e seus desígnios. Segundo ele, a romaria era o único método, certo e infalível, de trazerem de volta a chuva e, consequentemente, a abundância que Deus "estava louco" para transmitir.

O Padre Edno, efetivado há anos naquela igreja, havia sido afastado do Patrimônio em circunstâncias estranhas, cujo sentido ninguém entendia e, desde então, era ficar sem missa ou contar com as visitas esporádicas de padres originariamente alocados às comunidades vizinhas. Alguns homens rejeitavam o modo como o padre visitante misturava com o Latim certas gírias que pareciam antes conversa de estudantes da cidade, mas esse era um assunto que sempre interrompiam na presença das mulheres, especialmente as de meia idade, fortes defensoras da presença santa e efêmera do padre Irineu, cuja temporada na localidade, cobrindo a ausência do padre Edno, muitos homens torciam para que logo terminasse.

E a surpresa maior não era a menção de que o Patrimônio deveria se esvaziar completamente, na data marcada para a procissão, mas o fato de que, terminada a subida, todos teriam de pernoitar ao relento, no alto do morro, até a madrugada de segunda, quando então desceriam juntos, "como irmãos que somos, na verdadeira comunidade, do mesmo modo como teremos subido; afinal, o bem comum, que virá das nossas ações diante do Senhor, é para todos", argumentava o santo homem.

A primeira reação às palavras do padre foi de incredulidade. Chegou-se a pensar que ele pudesse estar apenas testando a fé dos presentes. Um burburinho percorreu os bancos da igreja e algumas pessoas se agitaram fortemente, ao se imaginarem tendo de arrastar o filho aleijado ou a mãe já fraca por quilômetros morro acima, perfazendo um caminho íngreme e, em alguns passos, perigoso.

Os adolescentes, amplamente excitados pela novidade, vibraram com a perspectiva de romper o tédio a que se resumiam as noites de domingo no Patrimônio do Ouro. Alguns planejavam esconder sob as jaquetas garrafas de bebida, que esvaziariam secretamente ao longo dos caminhos escuros que conduziam até a cruz. Os rapazes calculavam que seria um bom modo de, enfim desinibidos pelo efeito do álcool, e, portanto, mais másculos, exibirem-se para as meninas, muitas das quais passariam pela primeira vez uma noite fora de casa e sem a plena vigilância dos pais, envoltos que estariam, os casais, com terços e ladainha, ou cuidando dos filhos menores, indóceis no ambiente novo, quem sabe reclamando do frio, ou com sede.

Às quinze, religiosamente, lá estava toda a população do Patrimônio, acrescida de uma boa quantidade de famílias representando as localidades vizinhas, espalhados todos no átrio da igreja, no pátio em torno da canônica, também conhecida como "casa do padre", no pedaço de estrada que ia dali até a venda dos Serafini, à esquerda, e na entrada principal do cemitério velho, à direita e um pouco mais ao alto. Era um mar de gente como nunca se viu.

Da porta da igreja, contemplando aquela multidão, o padre Irineu achou por bem planejar a romaria como uma caravana apenas de passagem, sem pernoite no alto da pedra. Sairiam organizadamente, em fila indiana, cruzariam a estrada e depois o cemitério velho, subiriam pelo pasto dos Camata, na divisa com as terras do avô de cima, desceriam adiante, até o Julião, empregado do avô, atravessariam com cuidado a pinguela sobre o córrego e, na altura já de Santa Rosa, iniciariam a subida final e mais íngreme, até o cruzeiro. Todo o trajeto seria realizado sob a mais perfeita ordem, harmonicamente, rezando a ladainha e de olho, sempre, nas crianças pequenas, para que não ocorresse nenhum incidente. Ninguém parecia ter considerado a existência de porteiras, cancelas ou pior: as onipresentes cercas de arame farpado. De fato não seriam problema para quem desde pequeno se acostumou a ter de cruzá-las, fosse por cima, por baixo ou pelos lados.

" — Iremos e voltaremos na santa paz de Deus, protegidos por Santa Bárbara e por todos os anjos do céu!", exclamou o padre.

" — Amém!", responderam todos numa voz só, marcada, porém, aqui e ali, por uma nota mais grave, outra mais aguda e nasalada.

Imediatamente, um homem ergueu no ar fresco daquela noite aberta ao ar livre, com sua voz grave e rude, um hino que o padre Edno puxava sempre, nessas ocasiões, e que, curiosamente, começava já pelo refrão, antecipando para o introito o apelo memorial e popularizante da repetição, o qual, nas demais cantigas, comparece apenas ao fim de cada estrofe. Já a partir das primeiras palavras, o brado solitário começou a ser seguido por grande parte da comunidade, num bonito efeito de contágio:

— Eu vim para que todos tenham vida, que todos tenham vida plenamente...

Assim que as mulheres principiaram a entoar com força os versos seguintes ao refrão inicial, secundando as vozes iminentemente masculinas que abriram a cantoria, o padre Irineu se insurgiu, abanando os braços para o alto, como num chilique, dizendo que não era o momento. Metade do coro silenciou sob as suas ordens, a outra metade ainda resistiu por mais alguns versos:

— Reconstrói a tua vida em comunhão com teu Senhor...

Mas rapidamente o coro foi atropelado pela desordem que se instalou próximo do pároco, até que a canção, maltratada pela persistência daquela conversação quase gritada, esmaeceu, nota por nota. Vencida a resistência dos cantores recalcitrantes, saudosos do padre Edno e do seu tempo, as últimas sílabas foram apenas solfejadas por um ou outro, e assim a canção morreu, no meio de um verso:

— Onde está o irmão com fome...

Os planos eram os seguintes: ao chegar ao topo do monte, o primeiro grupo de fiéis faria uma oração inaugural, juntamente com o vigário, descendo o morro em seguida, e assim sucederia com todos os demais grupos, que se aproximariam, um a um, da grande cruz. Para que tudo fluísse dentro do previsto, cada conjunto de aproximadamente vinte pessoas teria como líder um casal responsável por replicar a oração entoada primeiramente pelo grupo do padre.

Os Serafini, da mercearia, distribuíram folhetos instrutivos com o logo da minúscula loja no verso, e velas brancas. Algumas mulheres lançaram loas a Deus e ao Nosso Senhor Jesus Cristo. A maioria, por falta de hábito, se esqueceu de Santa Bárbara. Um senhor, influente por aquelas bandas, sapatos encerados e peito estufado na camisa branca, agradeceu em voz alta e num tom nada amistoso, pela atitude sensata do padre Irineu, de não fazer toda aquela gente passar a noite ao relento, "feito boi". Os jovens não perderam a alegria com a mudança de planos, afinal seguiam próximos uns dos outros, ansiando pelo momento em que poderiam se esbarrar, no caminho de volta, com sorte roubando um beijo ou trocando alguns toques mais ousados – tudo dependeria de conseguirem passar ao largo das luzes dos círios e lanternas que os mais velhos carregavam. Conta-se que o avô de cima foi um dos poucos moradores a não comparecer, e que inclusive tentou impedir que os seus participassem, ele que também muito raramente ia à missa.

E assim foi feito. A procissão saiu pontualmente do local marcado, o padre à frente, cercado de crianças e pré-adolescentes. Nesse dia, para surpresa geral, apresentou-se sem batina, prevenido contra o entrave que a longa roupa, escura e quente, poderia causar durante a caminhada, em especial no meio do mato seco, por entre a navalha do mato e os pés de urtiga, os carrapichos e gravetos que encontrariam pelo caminho. Padre Irineu não ficava bem de calças. Parecia, francamente, que lhe faltava ou sobrava algo, foi o consenso que circulou entre línguas mais compridas que a sua batina.

A caminhada seguiu muito bem até perto do córrego, para os que se encontravam na rabeira da grande romaria. As mulheres cantavam com vigor os hinos iniciados e autorizados pelo padre, predominando os timbres agudos das italianas jovens, nasalizados sempre no fim dos versos. Alternavam hinos com orações como o Pai Nosso e a Ave Maria, tudo de acordo com os costumes e métodos das procissões. Metade dos jovens e crianças secundava os pais e mães nos refrãos, que se fariam ouvir ao longe pelos raros moradores ausentes da turba, que deviam ter uma boa justificativa para terem ficado em casa. A outra metade dos menores permanecia calada, envolta nos seus próprios pensamentos sobre o evento, ou curtindo o silêncio que a noite impunha nos intervalos entre uma e outra cantoria dos mais velhos.

No momento exato em que o padre Irineu chegou ao alto do monte com seu grupo de romeiros, um raio, como se viesse do nada, estalou sobre o madeiro gigante, espalhando uma luz azulada que fez do cimo encapoeirado um cenário de filme. Em questão de segundos a cruz incendiou-se inteira, restando no topo, por meses, apenas um toco de madeira transformado em preto carvão. O que se viu a partir de então foi um deus-nos-acuda, um salve-se-quem-puder, um pernas-pra-que-te-quero. O espetáculo era tenebroso para quem assistia de baixo. Quanto aos que estavam no alto, ninguém se feriu gravemente; apenas um ou outro estilhaço teria voado direto para as saias de duas senhoras vindas de Antônio Cândido. O padre precisou ser socorrido e praticamente carregado nas costas morro abaixo, devido ao susto, que lhe teria causado intensa palpitação. Não sendo ainda idoso, possuía, contudo, a compleição física dos trabalhadores de gabinete, desacostumados à geografia real. Era muito branco, frágil, e tinha as carnes moles. Com o sinistro, a fila de fiéis se desorganizou e, diante do desmaio do padre, ninguém, nem carola, nem coroinha, lembrou-se de assumir a liderança da multidão. Os casais designados a dirigir os grupos menores, nessa hora se voltaram integralmente para o cuidado com os seus familiares. Pairou no ar o medo de que outro raio caísse, embora, estranhamente, não houvesse nem sinal de nuvens no céu. A maioria apenas deu meia-volta e procurou o caminho de casa, literalmente. Ao longe, bem longe, o que se via, naquela estranha noite, era um cortejo de diminutas silhuetas pretas, salpicadas pelo morro afora, várias delas interseccionando-se e depois se afastando, como num gibi desenhado com *nankin* sobre a paisagem eletrizada. A cena fazia pensar numa legião de almas que de repente tivesse fugido do cemitério velho e tomado o Morro do Cruzeiro. Cessaram de imediato os cânticos e orações. Crianças corriam pelos pastos feito cabritos encegueirados que as mães tentavam controlar. O padre foi levado à casa mais próxima, da viúva Lina Camata, e ficou acertado que lá passaria a noite.

No dia seguinte, a visão de um enorme pedaço de pau preto fincado onde um dia reinara a grande cruz a todos entristecia, e, mesmo tendo caído sobre ela um raio fulminante, não se viu nada de chuva e não havia uma nuvem sequer que justificasse a força da descarga elétrica direcionada ao Santíssimo. A estranheza do fenômeno ampliou sobremodo as superstições que desde sempre faziam parte do imaginário local. Criaram-se lendas. O Morro, mesmo sem a cruz, seguiu sendo chamado Morro do Cruzeiro. As procissões também voltaram a ocorrer, assim que se esqueceu o impacto mais forte do evento. As chuvas, porém, jamais coincidiram com quaisquer das escaladas, todas, sem exceção, repletas de fé, de baixo até o cimo.

O padre Irineu voltou para a sua paróquia de origem e um novo padre assumiu a vaga no Patrimônio. Nunca mais ninguém ouviu falar do padre Edno, e o povo de Deus seguiu pedindo bênçãos e proteção aos anjos e santos. Disseminou-se, especialmente entre os mais velhos, a versão de que Deus enviara, com o raio, um recado: que a fé prescindia de demonstrações coletivas e de uma organização exuberante como aquela. Já os adeptos de um raciocínio mais prático afirmavam que terem deixado a aldeia praticamente abandonada, ainda que temporariamente, havia sido uma irresponsabilidade que feria até mesmo os desígnios divinos. Ou, ainda, garantiam os contestadores:

— De nada vale a presença material da cruz: a verdadeira fé é íntima e invisível.

Ninguém sabia dizer o que declarou na época, sobre o caso, o avô de cima.

A tia Maria me contava essa história num intervalo entre uma e outra tarefa, na cozinha. A narrativa inteira me fascinava, mas principalmente me despertava uma curiosidade especial pelo destino do padre Edno, e acabei perguntando muito mais do que costumava:
— Como assim, ninguém mais ouviu falar nele?
— Ninguém sabe, mas naquela época sumia muita gente.
— Sumia gente? Como assim?
— É, o padre Edno andou falando demais. Ele era amigo dos pobres, não aceitava os maus tratos que os fazendeiros faziam com os meeiros. Uma vez (não diz pra ninguém que eu falei, hem), na formação dos catequistas, ele chegou a falar do seu avô de cima, do modo como ele tratava os trabalhadores na fazenda...
— E o padre Edno dizia o quê?
— Ele era contra a exploração e dizia que ninguém precisava de tanta terra pra viver. Era um homem bom, ensinava a fazer caridade. O povo pobre daqui gostava muito dele. Até os hinos que ele ensinava eram diferentes, falavam sobre o trabalho na roça...
— E o avô de cima? Não gostava dele?
— Bom, aí eu já não sei, mas os fazendeiros mais abastados começaram

a implicar, você imagina, o padre já falava os nomes deles na igreja, e chegou a visitar umas fazendas, pra ver como os trabalhadores eram tratados...

— Ele foi na fazenda do avô?

— Não sei (por alguns instantes ela sustentou um silêncio pensativo, depois voltou à carga, como quem espalha lembranças)... Mas, se não foi, nesse ponto eles estavam quites (ela riu), porque o seu avô também nunca foi de frequentar a igreja. E vamos parar com essa conversa, que eu tenho que acender o fogo...

Logo mais todos chegariam para comer. O tio Preto e a tia Morena conservavam o antigo hábito de *potchar*, diretamente com as pontas dos dedos, pedaços de polenta na gordura que restava da carne (o avô de baixo *potchava* a polenta inclusive no leite adoçado, como sobremesa), levando tudo à boca com grande habilidade, sem deixar que nenhum naco, mesmo encharcado, ficasse no prato ou caísse sobre a toalha. Por essa época, o costume de comer com a mão não me incomodava; pelo contrário: era divertido ver o modo como os tios rapazes e moças testavam na palma da mão aberta a temperatura de certos alimentos. O prazer de comer parecia ampliado pelo aspecto lúdico de uma refeição feita assim, experimentando com o tato a textura das carnes fritas, que a tia Morena demonstrava prazer em desfiar entre os dedos, fibra por fibra, antes de lançar à boca, enquanto os quatro gêmeos faziam uma dança eletrizada e quase circense em torno do torresmo quente, que passavam, ato contínuo, de uma mão para a outra, rindo e assoprando os pequenos bocados de pele frita. O alimento apreciado assim por certo tinha um sabor diferente daquele cortado com a faca, apanhado com a colher ou conduzido à boca por meio do frio garfo de metal. Até mesmo a sopa, última refeição oferecida nas noites de inverno, era tomada diretamente com a boca colada na borda do caneco de esmalte, o mesmo em que se bebia, de manhã, o leite fervido, misturado com o café fraco e ruim que era servido a todos, de crianças a adultos. Tempos depois, descobri que a parcela melhor do café produzido ali era vendida para a cooperativa, restando para o consumo da família uma mistura dos rejeitos da primeira escolha, repletos de restos de casca e pedriscos, pequenos galhos e, por vezes, um ou outro roedor que havia morrido soterrado sob a pesada pilha de grãos. Minha mãe, quando se mudou para Vitória, ainda comia com a mão. Provavelmente teve de se adaptar muito rápido a usar os talheres, quando em público, mas, estando em casa, nunca mostrou qualquer constrangimento em *potchar* punhados de arroz, pão ou polenta no caldo de galinha ou no feijão batido. Eu, por mim mesma, é que passei, mais tarde, a rechaçar o costume – entre outras coisas, me parecia anti-higiênico. De fato, nunca vi nenhum dos parentes que comiam com as mãos se preocupar em lavá-las antes das refeições. Na casa do avô de cima, o hábito não existia.

Com o tempo, fui desenvolvendo grande aversão a esse e a outros maus modos no trato com os alimentos: falar com a boca cheia, lançar as frutas com violência ou servir-se, na travessa comum, com o talher pessoal.

• • •

Finda a narrativa da procissão ao Morro do Cruzeiro, a tia Maria reassumiu o ritmo frenético de costume, dominando com seus passos curtos e firmes o território da cozinha. Eu tinha de auxiliá-la, para depois subirmos juntas o morro da nascente, conforme o combinado.

Almoço concluído, lavamos rapidamente a "louça" de servir, toda ela de esmalte, na verdade. Já para atacar o pretume das panelas de ferro, que aparentava ser irremovível, a tia trazia uma sacola com finíssima areia branca, recolhida do córrego e já seca, o mais legítimo precedente do saponáceo, e agora esfregava um punhado dela no fundo dos tachos, com a ajuda da bucha vegetal, que era usada, na roça, para todo e qualquer serviço de limpeza. Em poucos minutos, os três tachos tinham os fundos limpos, enquanto uma ou outra vasilha de alumínio os traziam já reflexivos como espelhos. Os fundos dos tachos e panelas que eram usados no fogão a lenha eram lavados apenas de tempos em tempos, porque não fazia sentido deixá-los limpos, já que enfrentariam o fogo de novo, no dia seguinte. Além de que não eram muito lisos, e as ranhuras algumas vezes agarravam na bucha. Já a parte de dentro, especialmente no caso da panela da polenta, era cuidadosamente asseada, depois de ficar de molho por algumas horas, de modo que os resquícios de alimentos se soltassem, gerando litros e litros de lavagem que eram levados, no fim da tarde, até o chiqueiro, para deleite dos porcos em engorda. Antes, porém, de ser posta de molho, a panela da polenta era deixada um tempo sobre a trempe, exposta ao calor das brasas remanescentes, para que se desprendesse a maior parte possível da casca torrada. Costumava haver disputa por esse curioso sobejo do almoço, na sua crocância com sabor acentuado de milho, e que era mergulhado na goiabada ou simplesmente coberto de açúcar cristal, servindo de sobremesa, na falta de um doce mais elaborado.

Panelas devidamente areadas, roupa estendida e terreiro varrido (a tia Maria tinha a rapidez dos que são treinados toda a vida para um único tipo de trabalho), podíamos enfim subir o morro da nascente – desde que retornássemos antes da hora de "tratar" os animais, ela avisava. Além de cuidar da casa, tinha como obrigação dar milho seco para as galinhas, por volta das cinco da tarde, e despejar as sobras do almoço no cocho dos porcos presos.

Já os homens passavam o dia capinando ou arando a terra para o plantio de milho e café, muitas vezes em glebas distantes de casa, que o avô de baixo a custo foi adquirindo, ao longo dos anos e, ocasionalmente, distribuindo entre os filhos homens mais velhos, os que já contavam com família formada. Quanto às filhas mulheres, subentendia-se que a responsabilidade com o seu sustento e o dos filhos recairia, naturalmente, sobre os maridos e, por extensão, sobre as famílias deles.

• • •

Na rotina daquele lugar tão real e, todavia, encantado, os espaços eram vastos demais, os objetos muito pesados e os instrumentos de difícil entendimento e manuseio para uma criança como eu – mesmo nos entornos da cozinha, onde se realizava o trabalho considerado mais leve. O fogão fumegante, movido a montes de lenha recolhidos quase que diariamente nos entornos, as achas espinhosas, cortadas a machado, as perigosas e pesadas trempes de ferro, o milagre das chamas acesas aos sopros, a expressão afogueada da tia Maria, as panelas enormes, os imensos blocos de sebo, usados para fazer o sabão, o infinito barro branco cavado na terra para caiar as paredes sobre o fogão, as latas de lavagem, separadas para os porcos, as latas de leite, para vender... Nas bacias de alumínio, um mundo de roupas que seriam lavadas no córrego, longe da cozinha, depois de cruzarmos, com o sol quente nas costas, a trilha por entre o mato... Todo esse custoso trabalho a tia Maria realizava dia após dia, sem falha nem reclamação.

 Depois de algum tempo imersa no cotidiano da roça, parecia, para mim, quase não mais existirem a cidade, a sirene da escola, o hasteamento da bandeira, os meninos na fila para cantar o hino, empurrando, beliscando, puxando cabelos, a mão no ombro do colega da frente, conforme a ordem do coordenador, a voz cortante da tia Arliana, explicando que o Brasil era um país "em desenvolvimento", a gritaria, no recreio, a cara feia da diretora para os nossos uniformes mal ajambrados, o medo de alguma coisa estar errada com a nossa aparência... E o barulho. O som de quase tudo, na vida urbana, oprimia a minha cabeça: a máquina de costura de mamãe, o choro persistente do irmão recém-nascido, os gritos do padeiro, o triângulo do quebra-queixo, o garoto da Kibon... "Olhaêêê o piiicooolééé! Tem de coco, abacate e araçaúna", o megafone do carro da uva... "Freguesa, traz a bacia... Uvas baratas e fresquinhas, trazidas diretamente da fazenda do rei Roberto Carlos...", o amolador de facas, o vendedor de vassouras, o verdureiro promovendo esganiçadamente os seus produtos, as cigarras nas árvores, o quero-quero protegendo os ovos no terreno baldio, o correio anunciando correspondência, o toca-discos do vizinho chiando, no último volume, com a agulha alternando o dia inteiro entre um LP dos Jackson Five e um outro do Elton John, a buzina dos carros na Jerônimo Monteiro, o apito do trem no cruzamento de São Torquato, os navios atracando na baía de Vitória...

• • •

Longe de tudo, lá na roça, volta e meia eu ainda me pegava imaginando o que estariam fazendo, naquele mesmo instante, cada uma das personagens que compunha a minha vida na capital, e que agora pareciam apenas sombras na memória.

Estava pensando precisamente no João, o menino que todo dia me acenava e jogava um beijo da escada da sua casa, aparentemente quase tão envergonhado do gesto quanto eu ficava de ser o alvo cotidiano e silencioso da sua atenção. Me encantava a massa de cabelos cacheados que eu via de longe, o seu olhar de cigano (devo ter apelado aqui para algum conhecimento adquirido entre a música popular e as fotonovelas que circulavam pelo salão de costuras de mamãe). Mais ainda me surpreendia a sua coragem de fazer aquele gesto que tantas vezes cada um de nós ensaia de modo secreto, mas que ele, simplesmente – ou a algum custo, nunca saberei – de fato realizava.

Foi quando tia Maria me trouxe à tona de volta:

— Está pensando na morte da bezerra?

Eu ri o meu riso mais bobo, de quem não entendeu a piada, mas tem vergonha de perguntar o que significa. A anedota parecia tão óbvia para quem a enunciava, a morte da bezerra, o passarinho verde, o cu da piaba, o caso do ovo pequeno... Era bem possível, porém, que ela nem soubesse explicar do que exatamente se tratava, que esses ditos se passam adiante de modo involuntário, quase como uma pequena falha no DNA. Eu mesma gastei anos de pesquisa tentando entender a origem de cada um dos ditos que escutara, por anos, naquela região.

• • •

Tia Maria sorriu quando propus subirmos o morro descalças. Eu ansiava por sentir nos pés o frescor do que imaginava ser o mais felpudo tapete de capim.

— Não pode não, Tóia. Tem urtiga no caminho. E, outra coisa: aquele matagal lá em cima só parece macio olhando daqui, tá? Quando a gente chegar lá, você vai ver que capoeirão danado, aquilo é só espinho e graveto. O certo mesmo era você tirar essa sandália e calçar um sapato velho, mas eu não tenho nenhum que sirva em você. Nem vale a pena agora perder tempo pra ir pedir emprestado na casa dos tios.

No início da trilha, ainda perto de casa, a tia colheu duas tangerinas maduras, que fomos descascando pelo caminho. Contornamos primeiro o chiqueiro dos porcos, que exalava um cheiro forte de restos de abóbora e mamão. Criados para engordar ao máximo no meio da lama, era difícil não sentir asco por aqueles bichos feios e vorazes, em tudo contrários aos limpos porquinhos cor de rosa que ilustravam os livros de contos de fadas.

A própria caminhada se mostrava muito mais árdua do que eu poderia prever: aquela que, vista lá de baixo, era uma suave curva do monte, na realidade era bastante íngreme. Em alguns trechos, cheguei mesmo a sentir vertigem da altura. A custo, e somente com algum retardo, erguendo as canelas aqui e ali, percebi que há um bom tempo andávamos já em meio àquele que era, quando olhado lá de baixo, o meu acetinado campo dos sonhos. Vendo tudo de perto, constatei o quanto era crespa a cabeleira do colonião. Cada tufo de mato era formado por um conjunto arredondado de duras navalhas cortantes. No entorno de cada touceira se juntavam monturos de finos gravetos trazidos das partes mais altas do pasto pelas chuvas. O solo felpudo em que eu imaginara me deitar era feito, portanto, de cerdas cortantes que em alguns pontos chegavam quase à altura do ombro.

(Um dia, já adulta, ao entrar num museu, burlei a vigilância e praticamente colei a cara numa tela para ver o trabalho do pintor, que tinha dado vida à jovem cigana que espalhava cartas sobre uma minúscula mesa redonda. Era como subir de novo o morro da nascente: lá estava a tinta, lançada na tela às pinceladas, lá estavam as ranhuras, nas pinceladas de tinta, lá estavam os dedos e a mão do pintor, sua manga dobrada na altura do cotovelo, e, por detrás da minha cabeça, a sua cabeça de artista, caçoando de tanta curiosidade ignorância e curiosidade... Eu quase já podia sentir uma fungada quente no meu pescoço, quando o guarda apitou de longe, fazendo sinal para que eu me afastasse e permanecesse nos limites da linha divisória.)

Tia Maria seguia pelo caminho completamente desenvolta, quebrando galhos atravessados na trilha e afastando ramadas de pequenos arbustos para que eu pudesse passar sem ferir as pernas, que, apesar de todo o cuidado e da destreza dela, voltaram um tanto lanhadas pelas pontas ferinas da capoeira. A certa altura, mais ou menos no meio da subida, senti, pela primeira vez, o prurido doloroso e exasperante da urtiga. O susto da tia acrescentava alguma coisa ao ardor do contato com a planta.

— Não se coça não, Tóia. Vai passar. Se coçar, arde ainda mais.

Eu não queria parecer molenga, muito menos estragar o raro passeio com a tia tão solícita, minha predileta, mas o prurido da urtiga não era um incômodo simplesmente ignorável, como uma picada de mosquito, a que se pode resistir sem esfregar a pele com as unhas. Bastou um mínimo contato com a folha maldita, e rapidamente, por toda a canela, acima e ao lado dos calcanhares, babas vermelhas brotaram em profusão. A tia Maria reforçava, agora com mais energia:

— Para de se coçar! Se você coçar, só piora!

Com uma expressão um tanto angustiada, desceu correndo alguns metros, em busca das cascas de tangerina que tínhamos deixado pelo caminho, ao subirmos, chegando, os últimos restos, até bem próximo de onde nos encontrávamos então. Talvez a tia imaginasse que mamãe fosse ralhar com ela, "Levar a menina no alto do morro, pra quê?". Apressadamente, espremeu sobre as manchas as escassas gotículas do líquido inflamável e cítrico. Por um instante, as pernas queimaram em brasa. Senti pena de mim, lancei aos ares uns urros de dor que a apavoraram ainda mais. Internamente, transformando o dissabor numa mágoa profunda e já com saudades da mamãe, que tinha ido visitar uma parente em outra localidade, amaldiçoei a vida na roça, representada nas plantas venenosas e insetos ferozes. Cortando ao meio a minha heresia agônica, porém, o alívio surgiu quase que instantâneo. As canelas, porém, tinham a textura de duas canas mastigadas. Pelo resto do caminho, até o topo do morro, tia Maria concentrou-se obstinadamente em me ensinar a distinguir a urtiga dos brotinhos de outro mato muito semelhante, porém inofensivo, que era usado no fabrico de vassouras, a piaçaba. Não queria que eu me distraísse e novamente metesse os pés na erva do demônio. Ainda bastante ressentida e com vergonha pelo escândalo, eu nem mesmo era capaz de fingir que prestava alguma atenção às suas instruções de botânica; seguiria feito um robô, pisando apenas e tão-somente no exato lugar em que pisasse a tia.

Chegamos ao fim da escalada. À esquerda, no platô, distingui a arvorezinha de copa redonda que tantas vezes admirei lá de baixo. Era um pé de saboeiro frondoso, também chamado jequiti, repleto de frutos amarelos, vibrantes e engiados, com uma copa surpreendentemente grande. Achei graça das novas perspectivas e proporções. Próximo dali havia inúmeras outras árvores, estas sim nas dimensões que eu imaginara para a árvore principal, além de dois ipês, um juazeiro carregado e o velho jatobá, com um tronco horizontal amassado em formato de sela.

Tia Maria disse algo sobre os frutinhos do saboeiro, que eram venenosos, mas davam um ótimo sabão, e que ela ia pedir a um dos tios para vir buscá-los, depois, com um saco, que ela iria usar o líquido deles para pôr a roupa de molho. Depois acocorou-se e colheu do chão uns coquinhos redondos cujo acabamento, numa das extremidades, era uma ponta aguda. Tudo indicava que rolaram para a sombra do saboeiro direto de um pé de coco-de-quarta que havia logo acima. Batendo com uma pedra sobre outra, a tia quebrou a casca do coco maior e retirou de dentro, com cuidado, quatro castanhas cujo gosto doce e travoso ainda hoje me vem à memória, e com as quais nenhuma outra amêndoa que já provei pode competir.

— Por que se chama coco-de-quarta?

— Sabe que eu não sei? Talvez ele só dê cocos na quarta, disse, rindo do *nonsense* da sua própria resposta. Pensei que ela queria muito mesmo me distrair do incômodo que eu ainda sentia nas partes baixas das pernas.

Nessa época, perguntas assim podiam ocupar boa parte do meu dia e iam se somando ou substituindo a outras (crianças, mais que os adultos, necessitam de um nexo a que possam se apegar), enquanto eu não conseguisse uma resposta convincente, que em geral havia desistido de procurar entre os adultos, quase todos decepcionantes nos seus conhecimentos sobre questões de linguagem, e mesmo, em muitos casos, sobre aquelas relacionadas aos seus próprios meio e estilo de vida. Foi o avô de cima quem me disse, mais tarde, que a semente se partia em quatro, daí o nome, coco-de-quarta. Não foi de todo convincente, mas ao menos oferecia um fundamento lógico.

No alto do monte, sentadas ambas à sombra reconfortante da grande árvore, tínhamos uma vista privilegiada dos pastos, das raras casas e do cafezal. Dali para baixo, porém do outro lado do morro, a mesma trilha que escalamos até o cimo se bifurcava em duas, que iam se afastando uma da outra à medida que se aproximavam do sopé.

— Está vendo aquela cerca depois do bambuzal? Até lá é tudo terra do vovô.

— E depois?

— Depois é a terra do seu avô de cima.

— E desse lado (apontei a cerca oposta)?

— É do avô de cima, também, um pedaço menos cultivado. Só uma parte do que a gente vê daqui não é dele. É aquela faixa verde lá onde passa o riacho, tá vendo? Lá é a fazenda dos Bressiani, motivo de muita briga.

— Briga? Por quê?

— Porque o seu avô de cima quer comprar a terra, mas o velho Bressiani não quer vender.

— E a terra do avô de cima termina onde?

— Ah, isso aí nem dá pra ver direito. Termina onde termina a terra, ela riu. Agora vamos ver a nascente.

Uns trinta metros à direita chegamos ao curioso ninho de rochas, algumas ovaladas e pretas, outras amarelas e redondas, todas elas dispostas sobre um fundo de areia branca, de cujo centro a água brotava como se a terra suasse. O misterioso *ofurô* natural era pouco maior que uma bacia de banho. Tia Maria agachou-se e encheu as mãos na água translúcida, ao fundo da qual se viam inúmeros pedriscos em movimento. Só então notei que as pedras do entorno eram grandes, redondas e lodosas, enquanto as do centro eram diminutas e muito limpas, porque erodidas e maceradas pela ação contínua da água e do tempo. Tia Maria bebeu, bebeu de novo, molhou o pescoço e o rosto afogueados. Depois lançou um pouco d'água sobre as minhas canelas avermelhadas. Imitei-a, bebendo na concha das mãos o líquido friíssimo, que parecia ter saído de um refrigerador. Foi a primeira vez que vi a água subir à superfície da terra, ao invés de entrar por ela. Aos poucos, o volume espumoso se acumulava num borbotão perene que, no lado mais baixo do ninho de pedras, encontrava, semienterrado, o grande cano azul que abocanhava o fluxo d'água, conduzindo-o até as caixas de cimento instaladas lá embaixo, perto das casas, sobre toras altas e grossas que formavam rústicas torres, verdadeiros altares para a água, a um tempo deusa e serva de todas as famílias da redondeza. Mais adiante, com um pouco de dificuldade, enxergava-se a emenda feita entre o cano azul e a mangueira escura ligada ao cocho onde os animais bebiam água, e que nos servia de banheira, pia e lavatório.

A nossa descida foi rápida. Eu vinha sem a ilusão da leveza do mato, mas plena por ter sabido onde nascia a vida. Encontramos o avô no terreiro lateral à casa, onde a avó cultivava couve, quiabo, salsa e flores. Em férias anteriores, a depender de uma incidência maior ou menor das chuvas, já tínhamos colhido ali tomates, jilós, alface, beterrabas e cenouras. No seu ziguezague tranquilo entre o galinheiro e a horta, a velha senhora, de espírito quase sempre jovial, emanava a alegria infinita das peças estranhamente engajadas, agarradas ao cotidiano até a raiz; de outro ponto de vista, beirava a alienação. Ao seu redor giravam, invisíveis, absolutamente todas as engrenagens do lar.

Depois do capítulo doloroso da morte do avô, seguida em poucos meses de uma outra ainda mais pungente, a morte da tia Maria, ela viria morar conosco na cidade. Com a idade e, principalmente, a desobrigação do trato da casa e cercanias, integralmente assumidos, na sua ausência, por uma das noras, vovó, já admirada, na localidade, por trabalhadora, segura (o termo designava algo entre sovina e econômica), boa administradora, expunha então, na nova circunstância, um traço até então desconhecido por nós: o ingênuo humor pueril que encantava a mim e a meus irmãos. Ela participava de muitas das nossas brincadeiras, agindo sempre de modo ágil e inteligente. Mostrava um domínio do corpo raro mesmo entre crianças. Jogava bola, queimada, soltava pipa, brincava de aviãozinho e esconde-esconde. Apenas do cozinhadinho nunca mais, depois do primeiro, quis participar. Achava chato, e a comida resultante era muito ruim, dizia: "é tudo muito salgado, ou então insosso, não entendo como vocês suportam essa brincadeira". Para nós, que nunca tínhamos recebido tanta atenção de um adulto, nada além das silenciosas demonstrações de *expertise* de meu pai com o *origami*, a que podíamos assistir, desde que silenciosos, a presença da avó de baixo era um enlevo magnético.

Meu pai, mesmo quando o acompanhávamos aos locais de trabalho, que, antes que se fixasse na mineradora, eram ora um terreno onde erguia uma casa, ora uma oficina em que consertava carros, sustinha no máximo sentenças curtas, ríspidas, e quase sempre moralizantes. Parecia crer que a sua função, perante os filhos, era todo o tempo garantir que escapássemos de um imaginário campo minado de males que, mais certamente, habitava antes a sua mente. No aspecto material, porém, nunca nos deixou faltar nada. Era um provedor nato, mas, para tanto, tinha, obviamente, de recalcar diversas afinidades pouco rentáveis e abandonar pelo caminho muitos dos trabalhos manuais que lhe davam prazer, mas que jamais poderiam sustentar a família, já um tanto numerosa. Além da outra, ainda mais numerosa e tardiamente descoberta, para desgosto de mamãe e completa desilusão das nossas veleidades de filhos de pais conhecidos na comunidade como íntegros, corretos, verdadeiros, com reconhecida ascendência conservadora. A mentira, a hipocrisia e o cinismo compunham um aprendizado que ficaria para sempre, expondo a outra face, inescapável, de todo moralismo. Aos mais argutos entre nós é provável que o convívio familiar com tais mazelas tenha conduzido a um questionamento radical e devastador justamente das leis e ordens que mantinham de pé a mesma sociedade que exigia de cada um a sua cota de obediência e lealdade, tantas vezes fundada sobre um grande poço lamacento. E foi assim que chegamos a conclusões complexas e contundentes: um pouco apenas de reflexão e não restaria um lugar simples sequer para pai e mãe, dentro das nossas ponderações afetivas, éticas e morais.

Não demorou muito para que meu pai apresentasse os primeiros sintomas de sua grave doença de pele, rara e dolorosa, que o conduziria por uma peregrinação de anos entre os postos de saúde e as garrafadas de mamãe, além de ter ampliado insuportavelmente a sua casmurrice. Suspeito que nós, os filhos, teríamos estranhado muito o afastamento que ele então se impunha, por medo do contágio, caso ele já não tivesse sido, desde sempre, intocável.

Quanto ao cozinhadinho, tão negativamente avaliado por vovó, era justo a nossa brincadeira preferida. Talvez porque simulasse não ser uma brincadeira. Tendo como resultado, em geral, uma refeição completa em que todos se alimentavam igualmente, o encontro nos promovia, temporariamente, à almejada condição de adultos auto provedores. Sem saber, por meio de uma brincadeira exercitávamos a nossa parca sociabilidade, além de inúmeras outras habilidades, que envolviam desde a seleção dos participantes, até a própria arte culinária, a divisão do trabalho e o compartilhamento dos resultados e de suas consequências.

Funcionava mais ou menos assim: a cada vez, um dos integrantes recebia os demais no seu território. No grupo bastante numeroso que participava, havia aqueles que, chegada a sua vez de receber, desejavam, impulsivamente, convidar apenas os amigos, excluindo, via de regra, os colegas mais pobres, entre a grande turma de pobres que éramos – e nem mesmo sabíamos.

O cozinhadinho era um evento de junta-pratos em que não podiam entrar comidas previamente preparadas, mas apenas e tão somente os ingredientes que seriam, no próprio local, transformados por nós em pratos a serem compartilhados entre todos os participantes. Em geral compareciam apenas pré-adolescentes e adolescentes, os mais velhos assumindo a liderança de modo quase natural. Uma ou outra criança pequena era admitida, desde que não atrapalhasse ou tentasse interferir, quando estivesse sob os cuidados de seu irmão mais velho. A presença de crianças pequenas não era uma ocorrência comum num tempo em que poucas, entre as nossas mães, trabalhavam fora. Com o tempo ficamos sabendo que algumas delas eram grandes entusiastas dos nossos encontros. Havia inclusive daquelas que empurravam para ele até duas ou três crianças menores, junto com o irmão mais velho, por saber que a brincadeira lhes pouparia uma jornada na cozinha. O cozinhadinho jamais substituía, porém, uma refeição como o almoço ou o jantar, embora se compusesse dos mesmos elementos oferecidos em casa. O mais surpreendente era o modo como, mesmo sem uma aparente organização prévia (jamais houve listas de participantes ou de materiais), raramente se via uma repetição inútil de mantimentos, acompanhamentos ou temperos. No mais das vezes realizado no meio da tarde, portanto depois do horário da escola, para os que estudavam pela manhã, era antes um segundo almoço ou um primeiro jantar, e, ainda assim, nunca aconteceu de ter faltado a nenhum de nós apetite para enfrentá-lo. Entre nós havia, tacitamente, o acordo de que nada sobraria, resultado dos ensinamentos que trazíamos de casa e, por nossa conta, reproduzíamos ali.

A comida era feita num fogareiro improvisado sobre lajotas, usando-se uma ou duas panelas trazidas de casa por um dos integrantes, o que resultava quase sempre em um prato único, mas nem por isso menos apreciado, como a afamada farofa com ovo e tomate, temperada com alho e sal. Havia também uma espécie de risoto e, próximo das grandes "panhadas" de caranguejos, que aconteciam durante a "andada", o que passaria a ser expressamente proibido, tempos depois, tínhamos verdadeiras *paellas* intuitivas, a que chamávamos "caranguejadas". Nelas, o mais comum eram, é claro, os caranguejos, goiamuns, siris e aratus. O cozinhadinho acontecia dentro de um quarto de ferramentas, oficina ou barraca de entulhos dos pais, erguidos nos fundos dos quintais. Não fossem as nossas famílias tão pobres, e ele certamente aconteceria nas garagens, que no caso não existiam, porque quase ninguém tinha carro. Era um evento misto, sem predominância de gênero.

Ao cabo de um ano ou dois anos de realizações, já havia entre nós os que tinham a fama do bom tempero, os pródigos em conseguir "acompanhamentos" como carne, peixe ou ovos, os glutões, os preguiçosos, os que preferiam lavar a ter de cozinhar, e, interessante fenômeno, aqueles que, em menor número, é verdade, embora contagiantes, pela admiração que despertavam, preocupavam-se tanto com a democratização do convite quanto com a divisão irmã dos trabalhos e a distribuição justa dos resultados. Quando um desses colegas humanitários era escalado para a organização do cozinhadinho, ninguém ousava, em voz alta, discriminar os mais pobres entre nós, habitantes das palafitas que ficavam para além dos nossos barracos arrumadinhos de remediados. Nos nossos encontros era proibido repetir a refeição e, mais ainda, deixar comida no prato. Os elogios aos cozinheiros eram francamente estimulados e puxados por esses colegas incrivelmente justos, lideranças natas, enquanto que qualquer avaliação negativa do tempero daquele que trabalhara por nós deveria ser guardada para si. Quando, por alguma razão, faltava ao encontro um desses raros colegas de índole benéfica e conduta digna, imediatamente um outro qualquer lhe assumia o lugar, e aí então tínhamos a oportunidade de apreciar na prática a diferença entre os dois tipos de autoridade. Entre os líderes secundários existiam inclusive aqueles que imitavam o bom exemplo dos primeiros. Havia também os que, contrários à atuação daqueles ou movidos por inveja, na sua ausência exerciam todas as maldades recalcadas ao longo do tempo (discriminavam, oprimiam, praticavam inúmeras injustiças, especialmente contra os mais novos e fracos), aproveitando-se do seu poder temporário para fazer fofoca, inventar mentiras e falar mal dos "comandos bonzinhos", como diziam. Os infames líderes substitutos, valendo-se da tibieza moral da grande maioria, mimavam-nos então com ingredientes e preparos tão bons quanto muitos de nós jamais tínhamos provado antes, nem mesmo em casa. Intentavam comprar assim a simpatia dos mais jovens e ingênuos, entre os quais eu me incluía. Alguns entre nós se vergavam rapidamente à nova direção, ainda que tirânica – ou por isso mesmo. Nos puxa-sacos, como eram denominados os espíritos flexíveis e aderentes a lideranças perversas, aprendemos logo, porém, a não confiar. Do mesmo modo que despejavam críticas ferinas aos colegas ausentes, na primeira ocasião também cobriam os tirânicos líderes secundários e oportunistas de avaliações negativas e comentários maliciosos, sem nenhum espaço para a autocrítica ou o mínimo sinal de lealdade.

• • •

Minha mãe, um livro à parte, teve como herança uma boa dose de delicadeza, mas aos poucos foi perdendo a capacidade de fantasiar. Quando jovem, ainda na casa dos pais, nunca lhe foram oferecidas uma previsão ou informações sobre o que viria a ser a vida a dois, depois a três, a quatro, a cinco e, por fim, a seis. Trazia de memória um único, rijo e fixo modelo de família, que, mesmo sem horizontes, funcionava. Como cereja nesse bolo que a vida dela de repente se tornara, tinha de lutar – e com poucas armas – contra a escassez de meios que permearia inteira a novidade do dia a dia na cidade, a geração e a criação dos filhos.

Por essas e outras, foi se ressentindo mais e mais. Imersa, inicialmente, na ignorância típica da juventude, fez aderir a meu pai toda a responsabilidade pelo que se dava e pelo que não se dava: pela saudade que sentia do campo, pela penúria da moradia inadequada, pelos perrengues com a saúde das crianças e, acima de tudo, pelas panelas vazias no fim do mês, no longo período que durou até a entrada dele para a famosa mineradora, quando passou então a dispor de um salário fixo e carteira assinada. Todas as dificuldades eram creditadas ao orgulho doentio de meu pai e à sua má relação com o velho Fortunato, o famigerado avô de cima. Em última instância, ao seu silêncio e imobilismo exagerados.

As angústias do matrimônio se ampliavam no contraste com a vida relativamente confortável que ambos tiveram até o casamento. Além disso, as cartas que mamãe recebia da tia Branca, prestes a se casar com o irmão mais novo de meu pai, davam conta da repentina generosidade do futuro sogro, que prometera a todos uma festa de casamento com duração de uma semana.

Fosse por indiferença ou por maldade, o avô de cima, com sua surpreendente prodigalidade eletiva, feria de morte meu pai e, por extensão, minha mãe, sem precisar fazer nenhum esforço direto e pessoal. Enquanto mamãe raspava panelas, a vida na fazenda (no avô de cima ou no avô de baixo) seguia na sua organização suficiente, para aqueles que lá permaneciam.

Mamãe se sentia como que sequestrada miseravelmente para um outro planeta, onde a luta pela sobrevivência era dura, duríssima, muito mais do que um dia poderia sequer ter cogitado. E, ainda por cima, jamais recebera uma apenas das compensações que imaginara no início: a vida na cidade não era boa, o convívio com meu pai não era fácil, educar os filhos naquelas circunstâncias era uma sequência infinita de tribulações.

Tanto para ela, tanto quanto para meu pai, parecia impossível compreender as contradições do avô de cima, produtor e dono de uma fartura desde sempre controlada a conta-gotas, dia a dia, ano após ano, década por década, e de repente prodigalizada, jorrando em grossos jatos para a celebração das bodas do filho caçula.

Era difícil entender também por que o velho tirano aceitava, com aparente resignação, que, a cada quatro ou cinco anos, mais um filho seu se unisse a uma das filhas do avô "fracote", para apenas depois de consumada a união ele despejar sobre todos o seu ódio ou a sua indiferença?

Talvez ninguém tenha considerado que, economicamente, ele não poderia desejar um arranjo melhor. Afinal, já havia se explicitado, com a união dos meus pais, que bastava negar-lhes tudo, e eles sairiam com o rabo entre as pernas, a buscar trabalho e abrigo num subúrbio qualquer nos entornos da capital. Aberto por eles o caminho, por que razão o próximo rebento rebelde e encantado (desta vez por uma mulher vesga, ainda que de pele clara) não faria o mesmo? Os custos de uma única festa farta valiam a pena, considerando-se tudo o que seria poupado nos anos seguintes. Além de que era válido tentar calar temporariamente as grandes línguas locais, que punham o velho na conta de homem mau e muquirana, vaidoso, egoísta e violento. Afora os encargos da festa – subterfúgio mínimo a que meus pais, no entanto não tiveram direito –, teria apenas de receber, uma vez por ano, a visita dos netos que viriam a nascer, do mesmo modo que, afinal, já fazia conosco. E jamais alguém poderia alegar que migrar para a cidade não tenha sido opção do próprio casal, feita de livre e espontânea vontade.

Os filhos casados que permanecessem sob a guarda do velho, diferentemente, receberiam um pequeno pedaço de terra sobre o qual trabalhariam pelo resto de suas vidas, fornecendo ao patriarca mão de obra gratuita (a do casal e a dos filhos que viriam), além de ficarem responsáveis pelos cuidados com o avô e a nona, na sua velhice. Parecia, ao avô, uma troca justa.

Quanto à atração fatal entre rapazes e moças das duas famílias, que ameaçava repetir-se ainda algumas vezes, justificava-se, muito provavelmente, pela escassez de possibilidades, num lugar em que os encontros sociais se resumiam à missa, à quermesse, às romarias e velórios, únicas ocasiões durante as quais se reuniam as famílias e, sob o olhar dos demais membros do clã, os jovens iniciavam, timidamente, uma conversa sobre a falta de chuva...

Nessa época também não eram de todo incomuns, embora aparentemente anacrônicos, os famosos casos de "fuga", em que os enamorados interditos por inimizade familiar ou outra razão qualquer se arriscavam a sair de casa na calada da noite e ir morar juntos, sem o consentimento dos pais, sem a bênção de Deus e da igreja, sob os olhares horrorizados da comunidade.

• • •

A terra no Patrimônio do Ouro, passado o primeiro meio século de uso pelos imigrantes, perdeu o viço inicial de manto semivirgem e foi sendo cada vez mais mal aproveitada. Instalaram-se, com o tempo, vastos pastos, contraditoriamente quase faltos de gado. Os cafezais, rápido se tornaram decadentes, pois careciam da mão-de-obra servil que em outras épocas foi tão fácil angariar.

As primeiras gerações de imigrantes, os obstinados do trabalho, eivados do desespero pela vida nova, foram sendo extintas quase que imperceptivelmente. Às levas familiares que as sucederam foi dada, com a chegada do rádio, e depois, da televisão, a possibilidade de comparar a dura vida que levavam com uma outra, idealizada a partir das novelas que acompanhavam diariamente, uma vida colorida e alegre, imaginada em algum lugar distante dali. De repente não estavam mais imersos no seu pequeno mundo sem saída, aquele da faina escorchante de sol a sol, sem maior remuneração que o acolhimento no seio da família e a promessa de continuidade da realização do próprio trabalho.

Àqueles que não possuíam uma extensão de terra suficiente ao descanso alternado do solo nem conheciam as técnicas que poderiam lhes auxiliar, a terra pareceu, em muitos trechos, sugada em excesso e, num certo momento, para sempre esgotada.

Demorou bastante para que um entendimento mínimo dos novos métodos de cultivo chegasse até os remanescentes mais jovens, os raros recalcitrantes que ainda permaneciam ligados à lida no campo, fosse por comodismo ou porque, volta e meia, ficavam sabendo das dificuldades que passavam aqueles que fugiram para a cidade.

Mesmo com a posterior disseminação, relativa, das novas técnicas de plantio, que se deu à revelia do Estado e, quase que clandestinamente, através de movimentos de base ligados a partidos políticos, o eucalipto passou a invadir enormes pedaços de terra, fazendo com que, em meio à aridez da paisagem, os trabalhadores surfassem na promessa do lucro fácil oferecida pelas empresas interessadas na matéria-prima que seria retirada dali. O novíssimo deserto verde era na verdade uma miragem em que vislumbravam ao longe a obtenção do sustento sem enxada na mão e sol na moleira. Nos trechos em que se deu a rápida subida das árvores gigantes, logo a terra seria exaurida do que restava dos nutrientes necessários a qualquer outro tipo de cultura que não aquele destinado à produção de papel, fosse café, milho, feijão ou pimenta do reino.

Nesse solo cultivado pelos italianos, diferentemente de como se deu com os alemães em áreas do Estado de clima mais temperado, e próximas à capital, ninguém jamais conseguira produzir frutas, verduras ou legumes para vender. Primeiramente devido à enorme dificuldade de transportá-las até os mercados consumidores em tempo hábil, antes que se estragassem. Segundo, pela própria dificuldade de fazer os frutos brotarem e se desenvolverem com a qualidade necessária para concorrerem, naquele mesmo mercado, com os adubos e pesticidas dos grandes produtores – alguns de fora do país –, sem dominar métodos que pudessem abrir uma disputa justa. Era tudo muito difícil e desanimador, o que tornava a ideia de migrar cada vez mais imperativa. Para além do café (com o tempo, o leite também minguou, por razões parecidas), tudo o que viesse a ser produzido seria direcionado, como sempre fora, à subsistência. Estavam todos fadados, coletivamente, a uma certa autofagia.

• • •

E assim foram se sobrepondo as camadas de tempo no Patrimônio do Ouro, futuro Cinquenta e um. E porque tudo o que é sólido desmancha na água, décadas de chuvas avarentas e ácidas erodiram lentamente as paredes das casas. Os mourões das antigas porteiras, escurecidos pelo tempo, tiveram os seus cantos arredondados devido ao uso. Ferragens novas substituíram as enferrujadas. Casais se formaram, novas casas, mais frágeis, foram construídas. Descendentes de ambos os avôs chegaram ao mundo, pessoas se mudaram dali para sempre.

Na fazenda do avô de cima, o gado se extinguiu. O último angelim caiu sobre o último cedro, derrubado já em meio a uma extensa área desmatada. O córrego das libélulas, com o tempo, reduziu-se a um triste fio d'água. Metade das fruteiras foi infestada de lagartas. Onde antes ficava o pomar dos cítricos, via-se, aqui e ali, um ou outro pé de jiló e quiabo amarelando ao sol, numa tentativa dos moradores de imitar as pomposas culturas de legumes feitas pelos pomeranos na serra central do Estado. As quaresmeiras, no entanto, resistiam, junto ao portão.

Na casa do avô de baixo, cedeu o teto do passadiço, cujo piso, com a exposição às intempéries, também ruiu, dividindo a construção em duas meias casas. A bilha da copa foi trocada por um filtro de louça, porque os gêmeos suspeitavam que a água da nascente, com as secas, já não chegava tão limpa. Algumas cadeiras perderam o encosto, os velhos bancos mudaram de lugar. O fogão a lenha foi mantido, embora pouco utilizado, e ladeado por um fogão a gás. O preço da botija, que tinha de ser buscada de moto num armazém distante, era absurdo. A antiga despensa da avó foi virando um depósito de materiais de trabalho – pás, enxadas, sacos, botas, arreios, peneiras.

• • •

Na capital, meu pai envelhecia rápido – fraco e doente –, curvado sobre a mesa dos *origamis*. Eu quase podia ver os seus cabelos branqueando, no miolo daquelas tardes imóveis. Mamãe nos ensinava a costurar. Minha irmã e eu fingíamos interesse, e tão bem que uma de nós acabou mesmo por aprender. O irmão mais velho cumpriria muitos anos de pena, antes de retornar ao convívio social e enveredar, inacreditável, para a política. O mais novo, de trágico fim, deixaria no papel, secretamente, o registro assombroso das suas memórias.

Mas essa é uma outra história, e a memória é uma frouxa urupema.

BIOGRAFIA

Andréia Delmaschio é autora dos livros de contos Mortos vivos (Vitória: Secult, 2008), Aboio de fantasmas (Vitória: Secult, 2014) e Tem uma lua na minha janela (Vitória: Secult, 2015). "Aboio de fantasmas" é também o nome do blog que mantém desde 2008, onde posta contos, crônicas, poesia e, por vezes, crítica de cinema. É mestra em Estudos Literários pela Universidade Federal do Espírito Santo, com a dissertação que resultou no livro Entre o palco e o porão: uma leitura de Um copo de cólera, de Raduan Nassar (São Paulo: Annablume, 2004), e doutora em Semiologia pela Universidade Federal do Rio de Janeiro, com a tese A máquina de escrita (de) Chico Buarque (Rio de Janeiro: 7Letras, 2014). É professora titular do Instituto Federal do Espírito Santo, onde leciona no Curso de Letras. Em 2018 lançou seu primeiro infantojuvenil, Nas águas de Lia (Vitória: Cousa, 2018). Em 2021, Ensaios de Literatura Brasileira Contemporânea (Vitória: Edifes, 2021). No mesmo ano, em coautoria, publicou Notícia da atual literatura brasileira: entrevistas (Vitória: Cousa, 2021), agora com versão para o espanhol (Buenos Aires: Caravana, 2024). Flores inventadas, seu primeiro livro de poemas, foi lançado em 2022 (Vitória, Cândida, 2022). Em 2023 foi contemplada com dois prêmios, ambos na categoria romance: Ai de ti, Camburi venceu o V Prêmio UFES de Literatura e Urupema obteve nota máxima no Prêmio Carolina Maria de Jesus, do MinC.